海藤を上から見つめるあまりない体勢に、
徐々に真琴も理性を手放し、彼を味わうように快感を追った。
真琴の中を淫らに掻き乱す海藤のペニスは熱かったが、
海藤も自分の中の熱を感じてくれているのだろうか。
「……あっ、ああっ、んっ！」

ラルーナ文庫

指先の記憶

chi-co

三交社

CONTENTS

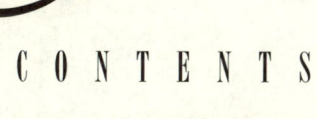

Illustration

小路龍流

重なる縁

本作品はフィクションです。
実際の人物・団体・事件などにはいっさい関係ありません。

七月最後の金曜日、いよいよ今日、軽井沢に出発する。軽井沢に住んでいる海藤《かいどう》の伯父《おじ》、菱沼辰雄《ひしぬまたつお》の誕生祝いに向かうためだ。

何日も前から準備をして覚悟もしていたはずなのに、車が走り出した途端、真琴《まこと》は緊張してしまった。

すると、すぐにその表情に気づいたのか、海藤に肩を抱き寄せられる。

「どうした？　気が進まないか？」

「そ、そんなことないです。あの、伯父さんって、どんな人なんですか？」

気になっていたくせに、ギリギリまで聞けなかったことをつい口にしてみると、海藤は表情を和らげて言った。

「伯父か？　そうだな……俺には厳しい人だったな」

「き、厳しいんですか？」

まだ顔のわからないその人の顔が、真琴の頭の中でぼんやりと形作られていく。

「……怖い人ですか？」

「今は隠居してだいぶまるくなったたな」

「まるく……」

「素人に無茶なことはしない人だ。真琴は心配する必要はない」

海藤はそう言ってくれるが、海藤の伯父にとって真琴はただの素人ではない。海藤と真琴は男同士ではあるが、ちゃんと肉体関係もある恋人同士なのだ。

普通の肉親なら、自分の身内に同性愛者がいることを快く認めてくれることは少ないだろう。まして、海藤は一つの組を率いる立場の人間で、本来ならば跡継ぎを作らなければならないはずだ。

そんな海藤の人生を捻《ね》じ曲げている自分という存在に対してどういう態度を取ってくるのか、距離が近づくにしたがって真琴の心配は次第に大きくなっていく。

「大丈夫だ」

そんな真琴に、海藤は重ねて言った。

「……海藤さん」

「必ず認めさせる。煩《うるさ》いことを言ってきたら、それこそ途中で帰ってもいい」

「そ、そんなの駄目ですよっ。ちゃんと最後までいてお祝いしなくちゃっ」

「……そんなものか？」

「そうですよ！　ね、倉橋《くらはし》さんもそう思いますよね？」

真琴が助手席に座っている海藤の部下、倉橋克己《かつみ》に同意を求めると、倉橋は頷《うなず》きながら静かに言った。

「ええ。社長には最後までいていただかないと。御前もそれをお望みです」

「御前？」

耳慣れない言葉を口にすると、倉橋はすぐに説明してくれる。

「前会長のことを、私たちはそうお呼びしているんです」

「……そうなんですか。あ、そういえば綾辻《あやつじ》さんは？　今回は一緒じゃないんですか？」

「できれば留守番をさせたいところですが、彼は先にあちらに行っていますよ。今回の祝いの席には、御前の古くからの知り合いの方や、今もって影響力のある方ですので幾人か組の関係者も来られますから、いろいろと受け入れの準備をしているはずです」

「そ、そんなにたくさん来るんですか？」

真琴にとって誕生祝いというのは家族でするものなのだが、どうやら海藤たちの世界では違うようだ。もっとこぢんまりとした集まりを想像していた真琴の緊張感は、その事実を知って一気に高まる。

真琴自身、以前出会った海藤の異母兄弟、宇佐見《うさみ》の口から聞いた彼の両親のことは気になっていた。だが、海藤の口からは両親の話はまったく出ない。まるで初めから海藤の中でその存在はなかったものになっているかのようだった。その一方で、時折口にする《伯父さん》には会ってみたいと思ってたのだが、単なる好奇心だけですまさず、会おうとした自分の決意を少しだけ後悔しそうだ。

「はっきりとした人数は……まあ、内輪とは言われていますが」

「ほ、他にも、ヤクザさんたち、いるんですか……」

「そう心配されることはないと思いますよ。きっと、綾辻がうまく調整してくれるでしょう。……もしかしたら面倒《めんどう》くさがって放棄している可能性もありますね」

倉橋はわざと呆《あき》れたように大きな溜《た》め息をついてみせる。

「そ、そうですね、遊んじゃってるかも」

その言葉に、真琴もやっと頬《ほお》に笑みを浮かべた。

ただ漠然とした、怖いという感情だけですべてを拒否することはしない。それは、海藤と出会ってから真琴が心に強く刻み込んだことだ。

真琴は気持ちを切り替えるように一度深呼吸すると、自分を見ている海藤に大丈夫だとしっかり頷いてみせた。


今年の春、西原《にしはら》真琴は大学に入学した。実家から都内に出て一人暮らしをし、それと前後してピザ屋のバイトを始めた。新しい生活の始まりだった。

そこで、真琴は運命の出会いをした。海藤貴士《たかし》との出会いだ。

一回り以上年上の海藤は、真琴とは生きている世界のまったく違う男だった。

暴力団――――それも、経済ヤクザの会長だった海藤に力で身体《からだ》を征服され、強引に同居に持ち込まれた。

　ごくごく普通に生きてきた自分が、よく恐怖でおかしくならなかったと思う。ただ、始まりは確かに海藤に流されたが、彼の自分に対する苦しいほどまっすぐな愛情は真実で、次第に真琴も海藤に惹《ひ》かれていった。

　今でも時々、自分はこれからどうなるのだろうかと思うことがある。

　いくら海藤が自分の世界に真琴を関《かか》わらせないようにしてくれていても、周りは真琴が無関係だと思ってくれないだろう。

　それでも、海藤と一緒にいることを選んだ。未来は正直わからないが、今、真琴は大好きな海藤と共にいたかった。


「うわあ……」

　窓を開けた車の中から目の前に建つ白い洋館を見上げて、真琴はポカンと口を開けてしまった。それぐらい、自分の想像の範囲を大きく超えたものが目の前にあったからだ。

「こ、ここですか？」

「ああ」

　真琴の戸惑《とまど》いに気づいているのか、海藤の唇には笑みが浮かんでいる。その笑みを見てかえって安心した真琴は、自然に疑問を口にした。

「えっと……ここに、組員さんたちも一緒に暮らしているんですか？」

「伯父は引退した身だからな。表立った組員はいないが、ガードはついている。今回は客も多いし、うちからも何人か寄越しているぞ」

「お客さん……もう来ていますか？」

「いや、本番は明日の夕方からだ。煩くなるのは明日の朝からだろうな」

そう言い終わらないうちに、大きな門が自動的に開かれた。金属の門が軋《きし》む音に驚いて肩を揺らした真琴は、抑え込んでいたはずの迷いや恐れがいっきに膨らんでしまい、無意識のうちに海藤の服の裾《すそ》を摑《つか》んでしまう。

入り口からこんなに驚くのならば、実際に中に入ったらどうなるだろうか。

そんな真琴の様子にすぐに気づいてくれた海藤がその手に自身の手を重ね、強く握り締めてくれた。それだけで安心してしまう自分に呆れるが、少し落ち着いた真琴は改めて目の前の屋敷を見上げた。

(屋敷っていうより……館？)

真琴の頭の中のイメージでは、菱沼が住む家は重厚な日本家屋だった。しかし、実際に目の前に建っているのは二階建てだがかなり広い敷地を持つ立派な洋館で、門から見える庭も青々とした芝生が広がっている。

別荘地なのか周りに家も少なく、緑豊かな景色で、一瞬ここが日本ではなくヨーロッパではないかとさえ思うほどだ。

広い敷地を抜け、やっと洋館の正面玄関に着いた車は、すぐに外からドアが開けられた。

「ご苦労様ですっ」

海藤は軽く頷いて車を降り、戸惑っている真琴に声をかけてくれる。

「大丈夫か？」

「は、はい」

ここまできてやっぱり帰りたいなどと言えるはずもなく、真琴は恐る恐る車の外に出てすぐに海藤の背後にくっつくように立った。

今ドアを開けてくれた男に見覚えはない。海藤が会長をしている開成会《かいせい》の人間すべてを知っているわけではないので、小声で尋ねてみた。

「……開成会の人ですか？」

「いや、別のとこのだろう。伯父はかなりのやり手だったし、傘下についていた大東組《だいとう》の中でも要職を歴任していたからな。今でも各会派から何人か出向のような形で、もう引退しているはずの人間の下で動いているんだ」

大東組というのは、開成会の上の組織だったはずだ。そこでかなり偉い立場だったというその菱沼という人物はいったいどんな人だろうか、なんだか怖い想像ばかりしてしまう

真琴は、

「会長っ、マコちゃんっ」

いきなり声をかけられて大きく肩を揺らした。

「綾辻さん」

ドアを開けて満面の笑みで出てきたのは海藤の部下の綾辻勇蔵《ゆうぞう》だった。見慣れた顔に安《あん》堵《ど》した真琴に綾辻は笑いかけてくれ、それから海藤に視線を向ける。

「会長、すべての用意は整っています」

真琴に対してとは少し違う、改まった口調で綾辻は海藤に言った。

普段はオネエ言葉で、服装もスタイリッシュで派手目なものが多い綾辻だが、今日は明るいグレーの落ち着いた雰囲気のスーツを着ている。

「御前は？」

「リビングに。涼子《りょうこ》さんは明日、沖縄から戻ってくるそうです」

(えっと……涼子さんは、伯父さんの奥さん、だっけ)

頭の中で情報を整理している真琴を置いて、二人は話を進める。

「今から会えるのか？」

「はい。楽しみにしておられますよ」

楽し気に言う綾辻に、海藤は一瞬黙ってしまった。

「……言ったのか？」

「もう、ご存知でしたよ。なぜ一番に自分に報告しないのかと、その点で怒ってらっしゃいましたが」

「海藤さん？」

「いや、入ろう」

初めはおとなしく前を歩く海藤の後ろについていたが、そこかしこに目に入るものを見て真琴は思わず海藤の腕を掴んだ。

「どうした？」

「な、なにか壊したりしたらいけないし……」

廊下に飾られている置物や絵は、その知識がまったくない真琴から見てもとても高価そうなものばかりだった。きっと、値段を聞けば卒倒してしまうかもしれない。

そんなものに不可抗力でも触れて壊したりしたら大変だと、無意識に海藤に縋《すが》ってしまうのだ。

海藤は安心させてくれるように軽く腕にある手に触れ、そのまま歩き続ける。

長く広い廊下をしばらく歩くと、ある扉の前に一人の男が立っていた。

いかにもボディーガードといった強面《こわもて》の男は、真琴たちの姿を認めると深く頭を下げた後、ノックしてしてから扉を大きく開いた。

「ほら」

一瞬、足がすくんでしまった真琴だったが、海藤に促されておずおずと部屋の中に入る。

呆気《あっけ》にとられるほど広い部屋の中はやはり洋風だった。

「貴士！」

（え？）

よく響く声が海藤の名を呼ぶ。

その時になって、やっと真琴の目に男の姿が映った。

「よく来たな！」

海藤よりは背が低いものの十分長身の男は、まるで外人のように大きく手を広げて海藤を抱きしめる。

（こ、この人が……？）

突然のその行動に、真琴は啞然《あぜん》としてその男を見つめた。

慣れているのか、海藤は抵抗をせずにしばらくそのまま抱擁《ほうよう》を受け入れていたが、やがてゆっくりとその身体を引き離した。

「もうやめてくださいといつも言っているでしょう。真琴が驚いています」

「真琴？　ああ！　君がマコちゃんか！」

目の前にいたのは、真琴の予想外の人物だった。

長身ということ以外、海藤とは似ても似つかない容貌《ようぼう》なのだ。

(ほんとに……ヤクザさんだった人……?)

中年太りという言葉はまったく当てはまらないようなほっそりとした体型に、服はラフなシャツにジーパンといったいでたちだ。

少し白いものが混じり始めた髪は栗色で綺麗《きれい》に撫《な》でつけられており、それなりに年齢を感じさせる容貌もすっきりと整っている。

海藤が和の静寂さを感じさせる男だとしたら、目の前の人物……海藤の伯父の菱沼は、洋の華やかさを持っていた。

(俺には厳しいって……隠居してまるくなったって言ってたのに……)

本当に、まったくの想像外だ。

そんな真琴の動揺もいっさい眼中にないように、菱沼は両手で真琴の手を強く握った。

「ようこそ、マコちゃん、こんな田舎まで」

「ま、マコちゃんって……」

「ん? ユウが言ってたから移ったんだよ」

「ゆ、ユウって、綾辻さん?」

「ユウとは気が合ってね。貴士に頼んでちょくちょく遊びに来てもらっているんだ。もちろん、マコちゃんもこれから遊びに来るといい、歓迎するよ」

「は、はあ……」

　菱沼の勢いに圧倒されている真琴を見かねたのか、海藤が間に立った。

「それ以上からかわないでください。あなたの勢いについていくのは大変ですから」

「それに、必要以上に接近して欲しくないいんだろう？」

「……」

「相変わらず、お前は表情が乏しいなあ。マコちゃんやユウを見習いなさい」

　大袈裟《おおげさ》に肩をすくめ、海藤の背中を遠慮なく叩《たた》きながら笑っている菱沼を呆然《ぼうぜん》と見ていた真琴は、後ろでずっと笑い続けている綾辻をぎこちなく振り返った。

「ほ、本当に、親分さんですか？」

「そ〜よ。想像と違った？」

「ち、違いました」

　違ったというより、まったく別物だ。驚きが大きくて不安や恐怖が一瞬で消えた真琴に、綾辻は笑いを隠すことなく言う。

「今でも相当怖い人なんだけどね〜。どうやらマコちゃんは合格みたい。ふふ、お舅《しゅうと》さんは味方につけたも同然ね」

　そう言う綾辻と菱沼が、なぜか重なって見えた。

（あ、綾辻さん二号だ……）

ヤクザというイメージとも海藤とも似ても似つかない菱沼に、真琴はただただ圧倒されたように立っているしかできなかった。


「驚いたか？」

海藤にからかうように言われ、真琴はようやく我に返って海藤を睨《にら》んだ。

「全然、想像と違ってました。海藤さん、意地悪です」

「嘘《うそ》は言っていないだろう？」

「そ、それは、嘘は言ってないけど、でも……」

会うなり罵倒《ばとう》されることも覚悟していた真琴にとって、予想外の菱沼のテンションに高まっていた緊張の糸がプツンと切れてしまった形だ。もちろん、嫌われるよりは嬉《うれ》しいが、それでも直前まで心配していた自分の気持ちの行き場がない。

夕食まで自由にしていいと言われ、海藤は館内を案内してくれていた。どこもかしこもやはり豪奢《ごうしゃ》で、高そうな装飾品が並んでいる。

「真琴」

顔を覗《のぞ》き込んできた海藤が、そっと宥《なだ》めるように頰に唇を寄せた。

「お前の反応が楽しみで秘密にしていたんだ。悪かった」

謝ってもらう必要はない。勝手に自分が想像してそれが外れただけで、半分は八つ当たりのようなものだ。

「……怒っていません」

「優しいな、真琴は」

言葉と同時に抱きしめられ、今度は唇が重なる。そっと触れるだけのキスの後、軽く唇を舐《な》められた。それが合図で、真琴は素直に口を開く。

「んっ」

遠慮なく口中に入ってきた舌は真琴のものを絡め取り、海藤は我が物顔に真琴の舌を吸いながら口腔《こうくう》を蹂躙《じゅうりん》した。何度も角度を変えて重なってくる唇に息継ぎもままならず、真琴はきゅっと眉《まゆ》を顰《ひそ》める。

もう数えきれないほどキスしてきたのに、いつまで経っても自分は慣れない。大人な海藤にふさわしく、余裕を持って応《こた》えたいと思うものの、現実はそう上手《うま》くはいかなかった。

真琴の意識が散漫になっているのに気づいたのか、キスはだんだん深く濃厚なものになっていく。口中に溢《あふ》れる唾液《だえき》を飲み込めずに端から零《こぼ》れそうになり、それを海藤に舐められた時、唐突に猛烈な羞恥《しゅうち》を感じて頬が一瞬で熱くなった。

寝室以外の場所で、こんなキスをするのは反則だ。

真琴は拘束から逃れようと身体を捩《よじ》り、海藤の腕を掴むと、ようやくキスを解いてくれた男にそのまま抱きしめられてしまった。

「か、海藤さんっ」

「我慢できなくなったか？」

笑みを含んだ声に囁《ささや》かれ、文句は喉《のど》の奥に引っかかった。そう言われるまで気づかなかったが、海藤に密着している自分の下肢がわずかに反応していた。それを知られてしまったことに狼狽《うろた》えていると、海藤は真琴の腰を抱くようにしてすぐ側《そば》にある部屋へ入る。

「こ、ここ……」

「この館での俺の部屋だ」

「海藤さんの？」

真琴は慌てて部屋の中を見回した。

豪奢で華やかな館の雰囲気とこの部屋はまるで真逆で、どちらかといえば今一緒に暮らしているマンションのように落ち着いたシックな内装だ。いや、ふと違和感を覚えた真琴は、もう一度よく見て気づいた。

（すごく……寂しい部屋だ……）

ベッドや机、クローゼットなど、一通りの家具はあるものの、それ以外テレビや本棚、ちょっとした小物などがまったくない。海藤が独立したので整理した可能性もあるが、真琴はなぜかこの部屋で過ごしていた海藤の姿が容易に想像できてしまった。

本人は寂しいと思わなかったかもしれない。それでも、真琴は胸が締めつけられるような切なさを感じた。

「真琴」

俯《うつむ》く真琴に何を思ったのか、海藤が後ろから抱きしめてくる。そして首筋に顔を埋め、軽く吸われた時ようやく、先ほどまでの甘い雰囲気を思い出した。

「か、海藤さん」

「ん？」

「す、するの？」

「したいな」

こんなにも直接的な言葉を口にする海藤は珍しい。それでも、この状況で流されるわけにはいかなかった。

「だ、駄目ですっ。ここ、人の家だし、この後ご飯一緒に食べるんですよ？　……その、だって……」

海藤とのセックスに慣れてきたものの、未《いま》だにベッド以外での行為に抵抗がある真琴にとって、自分たちのテリトリー以外の、それも海藤の肉親が同じ屋根の下にいるということの状況で、イチャイチャするのは心苦しいのだ。

それなのに、普段なら絶対に無理強いしない海藤が引く様子を見せない。

「真琴」

名前を呼ぶだけで、この先の行為の許可を取ろうとしているのがわかった。真琴として も海藤が嫌いで拒否しているとは思われたくないので、恥ずかしさを押し殺してもう一度 理由を告げた。

「……顔を見られたら、きっと……バレます」

「顔?」

「……幸せだって顔……しちゃうから……」

最後は消え入りそうな小さな声になったが、海藤の耳にはちゃんと届いたらしい。珍し く驚いたような表情をする彼の顔を見返すと、やがて海藤は眼鏡《めがね》を外してベッドサイドに 置きながら噛《か》みつくようなキスを仕掛けてきた。

「ふ、ん、んん……」

気持ちを察してくれたのではなかったのか。真琴は急にスイッチが入ったかのような海 藤の背中を必死に叩くが、少しだけ唇を離してくれた彼は綺麗な眉を顰めて甘く詰《なじ》る。

「お前が誘うのが悪い」

「お、俺、誘ってなんか……っ」

どこでそう誤解されたのかと必死に弁解しようとしたが、否定の言葉はキスの波に埋もれてしまった。

「か、かいど、さっ」

まだ明るい日差しの中で、セックスをするのは初めてだった。何もかもが初めての真琴を気遣い、後にも先にも真琴の意思を無視した行為は初めの一度だけだ。

日々、海藤への想いを強くしている真琴にとって、身体を重ねる行為が愛情表現の最たるものだということも理解している。ただ、やはりいつもとちがうシチュエーションに、身体からはなかなか力が抜けなかった。

いつの間にかシャツは肌蹴《はだけ》られ、生白い肌が海藤の目に晒《さら》されている。口では嫌だと否定しているのに震えてツンと立ち上がっている小さな乳首は、先ほどからの海藤の愛撫《あいぶ》でいやらしく濡《ぬ》れ光り、淡いピンク色は既に鮮やかに赤く染まっていた。

「ん……っ」

唇で挟んだり、軽く歯で噛んだり、真琴がここで感じると知っている海藤は愛撫の手を休めない。

「ひっ?」

綿パンツのボタンを外され、そのまま下着の中に手が入ってきた。海藤の大きな、しかし細く長い綺麗な指が、とっくに勃《た》ち上がって震えている真琴のペニスに絡みつく。

「い、いやっ」

誤魔化《ごまか》そうとしても、真琴の身体が発情していることはわかったのだろう。羞恥から逃れるように目を閉じていても、海藤の笑う気配はわかった。

「若いな」

それが何を指すのか。見えないのに、熱い視線がそこに向けられているのを感じる。

「安心しろ、最後まではしない」

腰が立たなくなるだろう？

鼓膜さえも愛撫するような艶《あで》やかで色気のある海藤の声に、真琴の欲情は一気に膨れ上がった。口では拒否しているくせに、身体は安易に快楽に流される。情けなくてたまらないが、ここまできたらもう止めることはできない。

おずおずと海藤の首に両手を回した真琴は、震える声で先をねだった。

「して……ください……」

褒めるようにこめかみにキスが落とされ、そのまま下着ごとパンツを下ろされる。あっという間にシャツを腕に引っかけただけの姿になってしまったが、勃ち上がったペニスを隠そうと思う余裕は既になく、早くこの疼《うず》くような欲望を鎮《しず》めて欲しくて、真琴は無意識のうちに海藤の手を自分のペニスに導いていた。

「……どっちがいい？」

耳元で囁かれる。どちらもと欲張りなことを考えながら、ようやく選んだ答えに海藤は笑った。

真琴の願いはすぐに聞き届けられ、身体をずらした海藤が下肢へと顔を沈める。温かい口中に含まれたものに舌が絡み、張り詰めた双玉も片手で揉《も》まれた。その痺《しび》れるような快感に、真琴の身体が跳ね上がった。

「あっ、あんっ、あ……くぅっ」

舌で、唇で、手で、海藤は休む間も与えずに真琴を愛撫し続ける。海藤に慣らされた身体はたちまち上り詰めてしまった。

「はっ、離し……！」

せめて口には出したくないと、真琴は力の入らない手で目の前の頭を引き離そうとしたが、海藤はそのまま構わず強く吸い上げ、大きな手で竿《さお》を扱《しご》いた。

「！」

先端に歯が掠《かす》った瞬間に、真琴は堪《こら》えきれず欲望を解き放つ。口ですべて受け止めてくれた海藤の喉元が動くのを見た真琴は、熱い吐息を零した。

「マコちゃん、何か怒ってるのかい？　ほら、ここに皺《しわ》ができてる」

菱沼にずいっと顔を寄せられ、真琴は反射的に後ずさる。その身体を後ろで抱きとめてくれた海藤に礼を言おうとしたが、目が合った途端、先ほどまで自分たちがしていた行為を思い出してしまい、見る間に顔が熱くなってしまった。

海藤は最後までしないという言葉どおり、挿入することはなかった。だが、一方的に与えられた愛撫に散々泣かされてしまった目元は腫《は》れてしまい、ついさっきまでその目を倉橋が用意してくれたタオルで冷やしていたくらいだ。

そのせいで、ずっと人の視線が気になってしかたがない。

直後に会った倉橋はもちろん、綾辻はこうなることを予想していたのか「対応はばっちりよ」なんて、ウインクまでしてきた。皆大人だから何も言わないでいてくれるのだろうが、真琴自身はいたたまれない気持ちでいっぱいだ。

海藤を責めたい気持ちはあったが、結局自分からねだってしまった負い目もあり、真琴は自分で空気を変えようと、ワインを傾けている菱沼の方へと身体ごと向き直った。

「あ、あの、手伝うことがあったら言ってください。料理はできませんけど、掃除とか皿洗いとか、雑用なら少しはできると思いますから」

「君が掃除を？」

驚いたように聞き返す菱沼に、真琴は張りきって頷いてみせた。

「こんなに広いお屋敷だし、人手は多い方がいいですよね？」

「その間、貴士はどうするんだね？」

「え？　海藤さんもいろいろ忙しいんでしょう？　お客様を出迎えたりとか。あ、手が空いたら手伝ってくれますよ、ね？」

むしろ、海藤の方がなんでもできて戦力になるのだが、どうやら菱沼は海藤が掃除や皿洗いをしている姿を想像できないらしい。海藤に向かって真実を問うような視線をやり、それに彼が頷くと、楽し気に声を出して笑い出した。

「マコちゃん、今回君はゲストであり、貴士も私の身内だからね、何もしなくていいんだよ？」

ようやく笑いが治まった菱沼は、それでも声は笑ったまま言った。

「そういえば、後一時間もしない内に本宮《もとみや》が来る。貴士、お前に会いたいと言っていたよ」

「本宮のオヤジが？」

「そうそう、マコちゃんにも会いたいらしい。お前が見つけた大切な伴侶《はんりょ》を、ぜひ自分の目で確かめたいそうだ」

「……真琴は素人ですよ」

海藤のまとう空気がピリッと緊張したのを感じ、真琴は心配になってその横顔を見た。

《モトミヤ》という初めて聞く名前の人物が誰《だれ》なのかわからないが、その名前が出た途端、先ほどまでの和やかな空気が一変したのがわかったのだ。

「それでも、お前の連れだからね」

「御前」

海藤が声を落としたのがわかり、真琴はとっさに割って入った。

「海藤さん、俺、会いますよ？　ちゃんと挨拶《あいさつ》します」

「真琴」

「海藤さんが一緒なら、全然心配ないし」

怖くないと言えば嘘になるが、海藤が側にいてくれたら安心だ。

「なんだ、マコちゃんの方が度胸がある。頼もしい連れだね、貴士」

それでも海藤は、真琴と《モトミヤ》を会わせたくなかったらしいが、予定の時間よりも早くその当人がやってきたと知らせが入る。結局、菱沼が押しきる形で、真琴は話題に上がった人物と会うことになった。

部屋に行くまで、予備知識として、菱沼が《モトミヤ》について話してくれた。

《モトミヤ》は本宮宗佑《そうすけ》といって、大東組の現最高幹部の一人で菱沼とも旧知の間柄。そして、海藤がこの世界に入った時に面倒を見てくれた人らしかった。

「……怖い人ですか？」

真琴にとっては、それが一番心配なところだ。

「そうだな。一本筋の通った、それこそ昔のヤクザらしいヤクザだ」

「ヤクザらしいヤクザ……」

（もしかしたら、ヤクザ映画に出てくるような人なのかな？）

　海藤をはじめ、その周りにいる人たちはあまりにもヤクザっぽくないため、今度こそそれらしい人に会えるのかもしれない。そう思うと、怖さはもちろんあったが、少しだけワクワクとした気持ちも生まれた。

　案内されたのは、大きな洋風のドアの前だ。そこには二人の屈強《くっきょう》な男が立っていたが、菱沼と海藤の姿を見ると深く頭を下げた後、ドアを開けてくれる。

「うわぁ……」

　ドアは確かに洋風のものだった。しかし、一歩中に入るとその奥には立派な引き戸があり、側には小さい箱庭もあった。足元には磨かれた石も敷き詰められて、まるでどこかの高級料亭にでも来たような気分になる。

　用意された履物で石の上を歩き、奥の引き戸を開けると長い廊下と、今度は大きな障子が目に飛び込んできた。

「私だ」

「おお」

　聞こえてきた声は重厚感のあるものだ。

「よく来てくれたね」

初めに菱沼が障子を開けて入った。海藤がすぐに続くことなく廊下に正座したので、真琴も慌ててその後ろに同じように正座をする。ここまでくるとやはり緊張と怖さが高まってきた。

「海藤です」

「入れ」

「失礼します」

招き入れる声に一礼した海藤は、綺麗な所作で障子を開いた。

「真琴」

促され、真琴も恐る恐るその後に続く。だが、海藤の背中に隠れるようにして、部屋の中をまともに見ることはできなかった。

「ようやく顔を合わせたな。義理事でも擦《す》れ違ってばかりで、なかなか話ができなかった」

「お忙しいでしょうから」

「お前ほどじゃないがな」

聞こえてくる会話は和やかなもので真琴は一安心したが、

「本宮補佐、私の連れ、西原真琴です」

海藤の紹介に、背筋がピンと張った。

(は、早く自己紹介しないとっ)

ぐずぐずしていたらトロ臭い男だと思われ、自分ではなく海藤が恥ずかしい思いをしてしまうかもしれない。

正式な挨拶の仕方などわからない真琴は、ぎこちなく頭を下げて震えそうになる声をどうにか堪えて言った。

「に、西原真琴です。初めまして、こ、こんばんは」

「……噂《うわさ》どおり、男か」

「はい」

「決めたのか」

「はい」

二人の話を聞きながら、真琴はようやく頭を少し上げた。

目の前にいる男は、並んで座っている菱沼より年上に見える。和服を着こなし、堂々とした体軀《たいく》をゆったり座椅子《いす》に預けている大柄な男の姿を見上げた真琴は、どうしても気になる個所を注視してしまった。

(あれ……剃《そ》ってる……?)

スキンヘッドにしているせいか、それとも強面のせいか、海藤たちよりもはるかにヤクざっぽい。

さらに、緊張が増した真琴の手をしっかりと握ってくれた海藤が言った。

「真琴、こちらは大東組若頭補佐、本宮宗佑氏だ」

「若頭、補佐……？」

若頭というのが偉いのかどうか判断できなくて当惑していると、本宮が笑いながら言葉を足してきた。

「昔、菱沼が開成会の若頭をしていた頃からの知り合いだ。無茶もしたが、あの頃が一番楽しかった」

「はは、そうだねえ」

「そうなんですか？」

このフレンドリーで華やかな菱沼も本当にヤクザだったのだと妙に感心して頷いてしまう真琴に、本宮は昔話を聞いてくれるかと話し始めた。

今年六十二歳になる本宮は、三十前半で大東組の幹部クラスになり、五十歳になった時には若頭補佐という地位に就いたらしい。その頃に菱沼もその才覚が認められ、総本部長という大抜擢を受けて表に立ったのだが、系列の一会派の人間が、組の金庫番と呼ばれるほどの重責に就いたのは異例のことのようだ。

自身が褒められるのがくすぐったかったのか、菱沼が口を挟んでくる。

「ま、どこの世界でも目立つ者を面白く思わない人間はいてね。それを一喝してくれたのが組長の信頼が厚かった本宮なんだ」

菱沼と本宮はまったく性格が違ったが、年が近く、それぞれの才覚を認め合って、いつしか友人という間柄になったのだそうだ。

菱沼が引き取った甥《おい》の海藤を本宮に引き合わせたのは彼が中学生の時で、それ以来、本宮は海藤のことを気に入って何かと親身になってくれている――。

昔話をする菱沼と本宮は本当に楽しそうで、彼らが表面上の付き合いではなかったことはよくわかった。それに、少年の頃の海藤の話をしてくれるのも楽しくて、真琴はいつしか本宮に対する恐怖心を忘れていた。

話は尽きなくて、真琴も時折質問をし、苦笑する海藤をまた菱沼がからかってと、思いがけず和やかな時間を過ごすことができた。

長居をしてしまったと海藤が切り出したのは、ここに来て一時間以上も経った時だ。

その頃には真琴も見慣れた凄《すご》みのある笑みを浮かべた本宮が、海藤の肩を一度叩いて感慨深そうに言った。

「貴士、ようやく大切なもんをつかまえたな」

「……はい。見つけたのは幸運でした」

きっぱりと言いきる海藤に、側で聞いている真琴の方が恥ずかしくて顔が赤くなる。

「惚気《のろけ》やがって。お前がなかなか身を固めないと、涼子さんからも泣きつかれていたんだが……まあ、こんな連れを見つけたんじゃあ、俺が口を出すまでもないな」

「気を遣わせまして、申し訳ありません」

「いや、来てよかった。久し振りに菱沼にも会えたし、こんな面白いもんも見れたしな」

本宮は真琴に視線を向けた。

「明日……そうだな、昼を一緒にとらんか？」

「お昼ご飯ですか？」

真琴は海藤に視線を向ける。頷く海藤を見て、真琴も断る理由はなかった。

「喜んで、ご一緒させてもらいます」


「……ふぁ～……あ？」

翌朝、真琴が目を覚ました時、一緒に寝ていたはずの海藤の姿は既になかった。

気を張っていたのか、昨夜《ゆうべ》はなかなか寝つけなかったはずなのに、いつの間にか眠っていたらしい。

目を擦《こす》りながら部屋の中の時計を探した真琴は、その指している時間を見てあっと叫んだ。

「寝坊！」

時間はもう九時を回っている。

人の家なのにのんびりと寝過ごしてしまったと慌てて起き上がり、部屋についている洗面所で素早く顔を洗った。

急いで着替えたのは良いが、部屋を出た真琴は立ち止まった。どこに行っていいのか、まったくわからなかったからだ。

昨日《きのう》海藤に館の中を案内してもらったが、緊張していたせいかほとんど覚えていない。

とにかく海藤か、倉橋、綾辻の誰かを捜そうと歩き回るが、こんな時に限って誰にも出会わない。

「確か……玄関を入って右に回って……」

うろ覚えな記憶を頼って歩いていると、やっと玄関に辿《たど》り着いた。このまま昨日の案内を思い出そうとしていると、いきなり大きな玄関の扉が開かれる。

「！」

反射的に視線を向けた真琴の目に黒っぽい服を着た数人の男が映り、その後ろからこの場には似つかわしくないような一人の背の高い女が姿を現した。

「……きれ……」

オフホワイトのスーツを綺麗に着こなした、三十……半ばくらいだろうか。そのとても綺麗な人は、目の前に突っ立っている真琴に視線を向けてくる。たったそれだけの仕草が、まるで絵のように優雅だ。

綺麗に染められた栗色の髪と、赤い口紅を塗った唇が色っぽい。

もしかしたら、菱沼の誕生祝いに来てくれた人だろうか。真琴自身、客という立場になってしまうが、ここは挨拶をした方が良いと思い、深く頭を下げた。

「こ、こんにちは」

すると、女はしんなりと眉を顰める。

「新入り？　どこの預かりなの？」

艶《つや》っぽい声に訝《いぶか》し気に問われ、真琴は慌てて否定した。

「あ、あの、俺、ここの人間じゃなくって、昨日お邪魔して……」

海藤の名前を出してもいいのだろうかと迷っていると女に名前を問われてしまい、真琴は素直にフルネームを答えた。

「に、西原真琴です」

「……ああ、あなたが」

すると、それまでの表情が一転、どこか値踏みするような冷たい眼差《まなざ》しを向けられてしまい、真琴は思わず一歩後ずさってしまった。

「あなたが私の愛《いと》しい貴士を誑《たぶら》かした男ね」

「え……」

続いてぶつけられる思いがけない言葉に絶句する。

初対面だというのに母親に近い、いや、母親よりもずっと若く綺麗な女にいきなり浴びせかけられた非難の言葉に、真琴はどう対応したらいいのかわからなかった。

狼狽《ろうばい》して声も出ない真琴をじっと見つめながら、女はゆっくりと真琴の側に歩み寄ってくる。

ハイヒールを履いているせいか、目線はあまり変わらなかった。

「人の家で、ずいぶんごゆっくりな起床なこと」

唐突な言葉に目を丸くしていると、女の手が伸びてきて前髪をひと摑み、つんと引っ張られる。

「前髪が濡れているから顔は洗ったみたいだけれど、ついでに寝癖も直しておけばよかったわね」

指摘された途端、慌てて頭を押さえる真琴に女はさらに続けた。

「呑気《のんき》ね」

「……す、すみません」

恥ずかしくて身を縮めた。確かに、人の家に泊まったというのに緊張感もなく寝坊してしまった自分はかなり呑気だ。

（ど、どうしよう……）

どう考えても、目の前の女は真琴をよく思っていない。昨日会った菱沼と本宮が友好的だっただけに、真正面から嫌っているとぶつけられたのでどうしていいのかわからない。

その時、真琴の耳に今一番頼りになる男の声が聞こえた。

「真琴」

「か、海藤さん」

慌てて振り向いた先には見慣れたスーツ姿ではなく、ラフなシャツ姿の海藤がいた。海藤は少し目を眇《すが》めるように女を見た後、真琴に視線を向けてふっと目元を撓《たわ》める。たったそれだけの変化に安堵して息をつくと、その間に近づいてきた海藤が真琴の前に立った。

「真琴が何か？」

「寝坊していいご身分だと思っただけよ」

「昨夜は緊張してなかなか寝つけなかったので、私がまだ寝ていてもいいと判断しました。涼子さん、真琴に何か言うことがあるのなら、すべて私を通してください」

きっぱりと言いきった海藤に向かい、女はわざとらしい大きな溜め息をつく。

「過保護ね。私はあなたのためを思って言っているのよ」

「心配してくれるのはわかりますが、私ももう子供ではありません」

「あ、あの」

二人の顔を交互に見つめながら会話を聞いていた真琴は、まさかという思いが生まれた。

「こ、この人は……」

「御前……伯父のつれ合い、涼子さんだ」

「お、伯父さんの奥さん？　う、嘘」

「真琴？」

「だって、歳違《とし》いすぎですよ？　伯父さん還暦って言っていたはずなのに、三十近くも歳の違う奥さんなんて、え、もしかして二度目の……ご、ごめんなさいっ」

どう見ても親子ほど年齢の違う二人に頭の中が混乱したが、踏み入ったことにまで口を出してしまい焦ってしまった。三十近い年齢差のある夫婦は珍しいかもしれないが、確かにいるのだ。

真琴は不用意な自分の言葉をすぐに謝罪したが、それまで黙って聞いていた涼子が耐えきれないようにクスクスと笑い始めた。

笑うようなことだろうかと戸惑ったまま海藤を見上げれば、その頬には珍しく笑みが浮かんでいる。

「彼女は五十一だぞ」

「うそーーーーっ！」

海藤が嘘を言う必要はないのに、見た目と実年齢のあまりの違いに真琴は思いきり否定してしまった。どう頑張って見ても、やっと四十くらいとしか見えない涼子は、そんな真琴に艶やかな笑みを向けてくる。

「まあ、正直な子というのはわかったわ」

そう言うと、数人の男を従えて屋敷の中に入っていく。

(ほ、本物の極妻さんだ……)

目の当たりにした極道の姐《あね》という存在に、真琴はただただ呆然とその後ろ姿を見送ることしかできなかった。

本宮は真琴を食事に誘ったことを忘れてはいなかった。

場所は館の中だったが、きっと近くの料亭から取り寄せたのだろう豪華な膳《ぜん》を前に、食べることが好きな真琴の頬が綻《ほころ》んだ。

朝、涼子と会ってからずっと落ち着かない様子だったが、これで少しは気がまぎれるかもしれない。

そう思っていた海藤の耳に、和やかな会話が聞こえた。

「そういえば、涼子さんに会ったそうだな。どうだった？」

「そうですね……なんか、すっごく若くてびっくりしました。綺麗な人だったし、でも迫力あって……」

「まあ、彼女に対抗できる奴は少ないだろうな。俺でも時々叱《しか》られる」

「本宮さんもですか？」

「菱沼と飲んでる時とかな。俺の連れより怖いぞ、ありゃ」

「なんか、すごく迫力がありました」

二人の会話を、海藤は興味深く聞いていた。

泣く子も黙る大東組の大幹部を相手に、ごく普通に会話している真琴が面白い。肩書きを紹介したところで、普通の大学生である真琴にヤクザの序列などわからないだろうし、ただ漠然と偉い人だとしか思っていないのだろう。

もっとも、一般の人間でも、本宮ほどのオーラを持つ人間に会ったら、本能的な怖さを感じて避けたり怯《おび》えたりしてもおかしくはなく、ごく普通に会話している真琴の方がある種大物だといえた。

本宮もそんな真琴の本質を気に入ったらしく、海藤には見せたことがないような穏やかな顔をしている。

本宮に会わせることを最後まで悩んだが、結果よかったのかもしれない。

その時、ふと本宮が意味ありげな視線を自分に向けてくることに気づいた。本宮は海藤の意識が己に向けられたことに気づくと、真琴に向かって言った。

「真琴君、茶のおかわりを貰《もら》ってきてもらえないか?」

「いいですよ。海藤さんもいります?」

「ああ、頼む」

本来ならそんな些細《ささい》なことは外の組員でも使えばいいのだが、わざわざ真琴に頼むということは、本人に聞かせたくない話があるのかもしれない。

海藤は本宮の意をくみ、真琴を送り出した。

「さっき、涼子さんから聞いたんだが」

真琴が出て行く音を確かめた後、へたな前置きなどなく本宮は口を開いた。

「お前の結婚相手を数人見繕ってきたらしい」

思いがけない話に、さすがの海藤も眉を顰める。

「そんな報告はあがっていませんが」

「彼女が独自で動いたらしいからな。菱沼も知らなかったようだ」

海藤は溜め息を殺した。

子供の頃から共に生活をしてきたが、涼子は菱沼よりも厳しく海藤を躾《しつ》けた。もちろん理不尽なことはされず、今ではいろいろ教えてもらったことを感謝しているし、もともとベタベタと甘やかさないのは涼子の性格からだということも理解していた。

そんな涼子が、海藤の意見を聞かずにそんな動きをしていたなどとは想像もしていなかった。

「涼子さんにしてみれば、今まで特定の相手を作らなかったもののお前の相手は皆女だった。だからだろうな、今回の真琴君に関しては、一過性のものだと思っているらしい」

海藤が欲しくて欲しくて、やっと手に入れた唯一のものが真琴だ。同性だということなど些末《さまつ》な問題でしかない。誰かに文句を言われることもないと思っているが、そうは考えない人間がいるのもまた、真実なのだろう。

「相手は？」

「今夜の祝宴でお前に会わせるらしい。数は三人。九州の組の娘と、企業の娘。皆お前との縁談に乗り気だそうだ。まあ、極道といえど、お前は表でも十分稼いで有名だし、その面じゃ女も騒ぐだろう」

「……失礼」

海藤は立ち上がった。止めないということは、本宮もその行動を見越していて話したのだ。

「真琴君はしばらく俺が相手をしよう」

「お願いします」

部屋を出ると、海藤は自室に戻りながらすぐ携帯を鳴らして倉橋を呼んだ。

数分もしないうちに、倉橋はなぜか綾辻を連れて海藤の部屋を訪れた。

「涼子さんの話を聞いたか？」

「申し訳ありません。今、綾辻から話を聞いていたところでした」

深々と頭を下げる倉橋から視線を移すと、綾辻はシャツのポケットに入れていたメモを取り出しながら言った。

「涼子さんが内密に動いていたのは確かですね。ここの人間も皆知らなかったようで、私も先ほど御前からお聞きしたんです。略歴と名前のリストです」

海藤は黙ってそれを受け取った。意外に几帳面《きちょうめん》な文字は、覚えのある菱沼の筆跡だった。

大羽美和子《おおばみわこ》　九州指定暴力団遠山《とおやま》組系大羽会　会長次女　二十三歳。

加納友香《かのうゆか》　河野《こうの》商事　専務取締役令嬢　二十一歳。

神谷聡美《かみやさとみ》　神谷ホテルグループ社長令嬢　二十四歳。

いかにも涼子が好みそうな肩書きだ。多分、人物像もそれなりなのだろう。

「残念ながら写真は手に入らなくて。じっくり批評してあげようと思っていたのに」

「綾辻」

「……孫の顔を見たいという歳でもないだろうに」

母親代わりの涼子は、真琴とは別に海藤にとって特別な存在だった。自分ができることならなるべく譲歩してきたし、これからもそうしたいと思っている。

だが、これだけは別だ。

自分の伴侶を真琴と決めた今、海藤にとって縁談はただの邪魔な話でしかない。

親代わりの菱沼や涼子、そして本宮に、自分が選んだ人間を知ってもらうには今回がいい機会だと思ったが、受け入れられないならそれなりの対応をするだけだ。

「社長……」

「まったく……困った人だな」

心配してくれるのもわかるが、自分はもう庇護《ひご》してもらう子供ではない。

海藤は態勢を整えるため、倉橋と綾辻に至急の命を下した。


「うわ……黒一色」

「ん？　あら、ホント。全然華やかじゃないわよね～」

窓から外を見下ろしていた真琴は、次々と停まる黒の高級車と、中から出てくる黒いスーツの男たちに呆然と呟《つぶや》いた。

午後四時を回り、誕生祝いまで後一時間と迫ったところで、真琴は綾辻に捕まった。

あらかじめ用意されていた服に着替えさせられたのだが、見るからに高そうな生地に落ち着かないままだ。

さすがに海藤が真琴のために選んでくれただけにシンプルながら華やかで、ネクタイのいらないドレスシャツの白と、オリーブ色のカジュアルスーツは、色白の真琴の肌を綺麗に引き立てている……とは、綾辻の談だ。

「さっすが、社長、ハニーに似合う色よく知ってる～」

「そ、そうですか？　少し派手じゃないですか？」

普段スーツを着ない真琴はどうしても落ち着かないが、綾辻は笑いながら髪を整えてくれた。

「これぐらい可愛《かわい》いものよ。御前なんか、今日は赤いチャンチャンコ着るんじゃない？」

「え？　……似合わない」

「意外と可愛いかもよ」

「そうかなあ」

真琴は頭の中で想像しながら、側にいる綾辻を見た。

昨日に引き続き、綾辻は今日も普段より地味なスーツを着ている。ただ、初めは黒かと思ったが光の加減で藍《あい》色にも見え、中のシャツもグリーンの細いストライプのものと、やはり綾辻らしい拘《こだわ》りはあるようだ。

改めて見ても均整の取れたモデル体型は惚《ほ》れ惚《ぼ》れするほどで、真琴は内心羨《うらや》ましく思ってしまった。

その時、ノックの音もせずにドアが開いた。

「用意はできたか？」

入ってきたのは海藤だ。その姿を見た途端、真琴は思わず呟いていた。

「……かっこいい……」

黒に近い濃紺《のうこん》のスーツにモスグレーのタイ姿は洗練されていて、海藤のスタイルの良さを際立たせている。後ろに軽く撫でつけた髪型に眼鏡の姿は見慣れているはずなのに、いつ見ても見惚《みと》れるほどの格好良さだ。

海藤は真琴の言葉に苦笑しながら、軽く襟元を整えてくれる。肌に触れる指先に小さく震えると、今度は髪を撫でられた。

「よく似合っている」

「こ、これ、ありがとうございます」

「御前も本部長もお前を待っているぞ」

「俺を？」

「ムサイ男どもを見る前に、目の保養をしたいそうだ」

「目の保養？」

廊下に出ると、そこには倉橋が待っていた。倉橋も黒ではなく、焦げ茶色のスーツに、臙脂《えんじ》のストライプのネクタイをしている。色白の肌に映え、ストイックな雰囲気は倉橋にぴったりだ。

四人で向かった先は応接間らしい一室だった。

「ああ！　マコちゃん！　可愛いね～！」

「ど、どうも、ありがとうございます」

（チャンチャンコ着てない……）

そこでは菱沼と本宮が既に酒を傾けている。菱沼は想像していたチャンチャンコ姿ではなく、ダークブラウンの三つ揃《ぞろ》えのスーツに、ポケットチーフが赤という洒落《しゃれ》た装いで、本宮は正装なのか羽織袴《はおりはかま》姿だった。

「本当は面倒なことはしたくなかったんだけどね～、涼子さんが義理事には煩くって」

「あ、あの、今日はおめでとうございますっ」

本来の目的をやっと思い出して祝いの言葉を告げると、菱沼は嬉しそうににこにこと笑って「ありがとう」と言った。

「誕生日はとっくに過ぎてるんだけどね。なんだか、おじいさんになったなって言われてるようで落ち込んじゃうよ」

「そんなことないです。若いですよ？」

それはけして世辞《せじ》ではなく、外見も考えもはるかに若いと思う。

「そう？　じゃあ、たっちゃんって呼んでくれないかい？」

「た、たっちゃん？」

「御前」

真琴の困惑した様子に海藤が声をかけたが、菱沼は一向に怯《ひる》んだ様子はなかった。

「え、え～と、あの、これ、持っていない物だったらいいんですけど、海藤さんと俺からです」

真琴は誤魔化すようにコホンと咳《せき》払いをして、持っていた小さな袋を差し出した。

「プレゼントかい？　嬉しいな～……お、これは……ああ、いいねえ～」

綾辻に付き合ってもらって選んだ菱沼への祝いの品は、アンティークの懐中時計だった。

時計の収集をしているという綾辻の情報に、真琴は当初ブランド物の何百万とする時計を思い浮かべて青くなったが、綾辻によると菱沼はブランド、値段になんの拘りもなく、本当に気に入ったものだけを集めているとのことだった。

つい最近は二千円の猫の形をした腕時計を買ったらしいという話を聞いて、真琴は綾辻のアドバイスに従って時計を物色しはじめ、古びた小さな骨董《こっとう》店でこの懐中時計を見つけたのだ。

銀細工の施された綺麗なその懐中時計は、動かないものだからとだいぶ安く手に入った。

それから綾辻に知り合いの時計の修理屋に連れて行かれ、針は再び時を刻み始めたのだ。

「気に入ってもらえると嬉しいんですけど……」

「ああ、いいね……すごくいい！　マコちゃん、ありがとう！」

「うわっ」

いきなり真琴を抱きしめると、菱沼は呆れた表情の海藤にウインクをしてみせた。

「貴士も、ついでにありがとう」

「……いえ。探したのは真琴ですから」

「大事にするからね」

「は、はい」

真琴は緩んだ腕の中から慌てて逃げ出すと、すぐに海藤の隣にくっつく。言うことなすこと綾辻に似ているので嫌な気持ちはまったくしないが、海藤の伯父ということでどうしても緊張してしまうのだ。

「つれないなあ」

菱沼が笑った時、ノックの音がしてドアが開いた。

「準備はできたの？　辰雄さん」

「ああ、涼子さん！　今日もとても綺麗だよ！」

大袈裟に褒める菱沼を尻目《しりめ》に、入ってきた女性は海藤の後ろにいる真琴に視線を向けて言う。

「ああ、あなたも準備はできているのね。……貴士の見立て？」

（……べ、別人……）

菱沼が涼子と呼ぶからには、今朝《けさ》会った彼の妻に間違いはないはずだ。ただ、あまりにも違う印象に、頭の中がまた混乱している。

今朝会った時はスーツを着こなした、綺麗な栗色の髪と赤い唇が印象的な艶やかな雰囲気だったが、今目の前にいる涼子は栗色の髪は漆黒の髪になり、簪《かんざし》一本で綺麗に結い上げていた。服もスーツではなく、黒地に金と銀と赤の糸で鮮やかに刺繍《ししゅう》を施した豪奢な和服で、化粧も凛《りん》とした印象になっている。

初対面の時よりは幾分歳は上に見えるが、それでもせいぜい四十代前半なのだが、菱沼の隣に立つ姿はまったくといって違和感はなかった。

まるで一対の絵のようで、真琴は彼らが間違いなく夫婦だと納得した。

既に引退している菱沼だったが、その影響力はまだかなりあるらしく、百人を超す客が祝いに訪れていた。

一階のほとんどの部屋と庭が開放され、そこかしこでいくつかの輪ができている。

もちろん、ヤクザという括《くく》りなので真琴の目から見れば皆厳《いか》つく、集団でいるのは異様な雰囲気だった。

「……お手伝いしなくていいんですか？」

あの集団の中に入っていくのはやはり勇気がいるので、真琴は手伝いの方に回ろうかと思っていた。

だが、海藤は何もしなくていいと言う。

「で、でも、海藤さんも挨拶とかしなくちゃいけないんじゃあ……」

「今日は御前の祝いの席だ。俺は前に出るつもりはない」

海藤はそういう気持ちだろうが、若くて見目が良く、菱沼の身内という彼が目立たないはずがない。

五分もしないうちに、海藤に挨拶をする者が次々と現れ始めた。その中に、時折若い女を連れている者もいて、

「私の娘です」

「姪《めい》だ」

決まって男たちは若い女をそう紹介し、海藤の前に立たせた。形式的には海藤より上の立場の人間も多いらしいので、海藤も無視をすることができずに挨拶を交わしている。

そうすると、決まって女たちの頬が赤くなり、甘い声ですり寄ろうとするのがわかった。

無理もない。海藤はヤクザだとはいえ、地位も財力もあり、外見だって俳優も霞《かす》むほどのいい男なのだ。それに、もともと同じ世界で生きているので、女たちにはヤクザという

こともマイナスには働かないのかもしれない。結婚相手としても、男としても、これ以上最高の男はいないと思っているのだろう。

　しかし、海藤の態度はいずれもそっけないものだった。

「どうぞ、御前を祝ってやってください」

　短くそう言うと、真琴の肩を抱いて場所を移す。

　海藤の対応は嬉しかったが、あれは誰だという訝しむ視線や女たちの嫉妬《しっと》の視線を浴び続け、真琴は数十分も経つとすっかり疲れてしまった。

「休むか？」

　真琴の様子に気づいた海藤はすぐに声をかけてくれるが、自分と一緒に途中で抜けさせることなどできるはずもなく、苦笑を浮かべて首を振る。

「人が多いから少し疲れただけです」

「真……」

「貴士、少しいいかしら」

　その時、二人の側に涼子が近づいてきた。

「ちょっと来て欲しいの。ああ、あなたはいいのよ」

「え？」

「貴士だけでいいから」

海藤はじっと涼子を見る。だが、その視線に涼子が引き下がることはなかった。

にっこり笑みを浮かべたままの涼子に、海藤は視線を逸《そ》らして傍らの倉橋に言う。

「頼む」

「はい」

「すぐ、戻るから」

言葉と同時に頬を撫でられ、真琴は素直に頷いた。


海藤が涼子に連れられて行ったのは客間の一室で、中に入ると三人の若い女がソファに座っていた。

一人は和服、二人は華やかな洋装で、三人は海藤の姿を見ると一様にうっとりとした視線を向けてくる。

そんな女たちに視線を返すことなく、海藤は涼子を見た。

「あなたに紹介したい方たちよ。右から、加納友香さん、大羽美和子さん、神谷聡美さん。どなたも家柄はしっかりしているし、女性としても魅力的でしょう?」

確かに涼子のお眼鏡に適《かな》っただけあって容姿もよく、多分教養もそれなりにあるのだろう。広間で直接紹介された女たちはすぐに媚《こ》びるように身体を寄せ、目線で誘ってきたが、この三人はそんなあからさまな態度は取らなかった。

ただ、他の女に引けは取らないと張り合う気配を隠すことない。さすがに涼子が選んだ女たちだ。

「私は席を外すわね」

あっさりと涼子が出て行くと、海藤は立ったまま改めて三人を見回す。その視線に、女たちがざわめいたのがわかった。

今さら相手の肩書きを聞くつもりもなく、海藤は単刀直入に切り出した。

「伯母《おば》がどういうつもりであなた方を呼んだのかご存知なんですか？」

「ええ、貴士さんの結婚相手の候補として参りました」

「お会いできて嬉しいですわ」

「父も、貴士さんの手腕は高く買っておりますの。私も、ぜひお話ししたくて」

すらすらと出てくる好意的な言葉に、海藤は口元に笑みを浮かべる。

「私が、暴力団の頭だとしても？」

「開成会は経済に明るくて、暴力的な組織ではないと聞いています。私はまったく気にしませんわ」

友香の言葉に、他の二人も頷いた。自惚《うぬぼ》れではなく客観的に考えても、『海藤貴士』というブランドは持っていて得にこそなれ、損ではないのだろう。

それに、己の容姿は女受けをするもので、一見して暴力を糧《かて》として生きている男とは見えない。自分自身の価値を、海藤自身十分わかっていた。

「妻は一人でも、愛人は何人かわかりませんが、それでも？」

言外に一人のものにならないと告げても、三人の女たちの頬から笑みは消えなかった。

「男の人とはそういうものでしょう？」

「力があれば女は寄ってきます。いちいち気にしません」

「私はそんな了見の狭い女ではありませんわ」

ヤクザの娘も、企業の令嬢も、それが当然といった感じで答えている。言葉ではなんとでも言えるのだ。

海藤はふと、この場にいない真琴のことを考えた。真琴ならばどう言うだろうか。

（あいつは……許さないだろうな。泣いて、責めて、側から去ろうとする……）

相手に対して誠実を求める。それは、自分も相手に対して誠実であろうとするためだ。

世間の目など関係なく、相手の地位や財力も関係なく、ただ純粋に愛情だけを求める真琴。だからこそ、己以外の存在を知った時、いたたまれずに去るだろうと容易に想像できた。

そんな愛しい存在を今さら手放すことなど考えられないし、そもそも真琴とこの女たちを比べるのさえ考える時間が惜しい。

真琴に捨てられるような真似《まね》はするつもりはなかった。

「俺は、抱くのは一人でいい」

いくつも愛情を分散するつもりはないし、必要もない。

「抱きたいのも一人だ」

真摯《しんし》な海藤の言葉に、女たちは自分こそと思っているのだろう。既に海藤に抱かれる己を想像しているのか、情欲に濡れた目になっている者もいる。

引導は早めに渡すのが最善だと、海藤はきっぱりと言いきった。

「少なくとも、それはあんたたちではないな。第一……勃たない」

「！」

女として最大の侮辱に、初めは啞然としていた三人の顔はみるまに真っ青になり、やがて屈辱に赤く染まっていく。

海藤はポケットから煙草《たばこ》を取り出して口に銜《くわ》えると、倉橋や綾辻が短時間で調べ上げた切り札を口にした。

「大羽会の会長は、カジノでだいぶ損を出したらしいが」

美和子は自分の父親の名前を出されて、大きく肩を震わせた。

「億の単位の大損で、遠山組に上げる上納金にも手を出したそうだが、その始末はどうするつもりなんだ?」

「……父のことです。私は……」

「いくら開成会の羽振りが良くても、個人の遊興費まで立て替えるつもりはない。注意する部下もいないのなら、潰《つぶ》されるのも時間の問題だな。まあ、見目だけは良い娘がいたら、酔狂なジジイが援助するかもしれないが」

淡々と告げると、美和子はさらに真っ青になっていた。海藤の目に留《と》まらなければ、次に待っているのは屈辱的な待遇だ。どうやら前々からコナをかけてきている七十過ぎの醜い老人がいるらしく、早く返事をとせっつかれていると聞いた。

「貴士さんっ、父は確かに馬鹿なことをしでかしましたが、まだ九州では相当な顔ですわ! あなたの進出に絶対に力になれるはずっ」

「……女の家の力を借りるほど枯れていない」

むしろ、それは爆弾を手にするようなものでしかない。

「次は河野商事専務の娘か」

「わ、私にはなんの問題もありませんわ」

隣で蹲《うずくま》る美和子を横目に、友香は強張《こわば》った笑みを浮かべた。海藤は静かに問う。

「本当に?」

重ねて尋ねても、友香は頷く以外何もしない。そんな友香に、海藤は目を眇めた。

「専務は現社長の甥に当たるそうだが、親族の関係は良好か？」

「え、ええ」

その視線が揺れたのを見逃すことはない。

「専務が裏帳簿を隠してあると知っても？」

息を呑《の》む友香はすぐに何か言おうとしたが、海藤は甘い反論を許すつもりはなかった。

「業者からのリベートもずいぶん懐に入れているようだし、金が好きな御仁だな」

倉橋の調べでは今社長派と専務派の派閥《はばつ》争いが激しいらしく、今度の役員会でどちらがより多くの支持を集めるのかが焦点になっているようだ。多分、そこにばらまく金目当てに、海藤との縁談を受けたのだろう。

「俺の名前を出したら、かえって票が離れると思うが？」

「……貴士さんは経済界でもトップの知名度をお持ちですわ。父が頼りにするのは当然だと思います。それに、私は以前からあなたのことを……」

「それは、金髪の男と手を切ってからだな」

まさかそこまで調べられているとは思わなかったはずだ。友香は羞恥で顔を真っ赤にしながら、慌てたように言い訳を口にした。

「そ、それは、彼はただのお友達で……っ」

「友達なら誰とでも寝る女なのか」

そう言いきった海藤は、最後に残った女を見た。

既に脱落したライバルたちを尻目に、嫣然《えんぜん》と微笑《ほほえ》みながら聡美は言う。

「貴士さん、私は家族の問題はありませんし、お付き合いしている男性もいません。私ならあなたと十分釣り合うと思いますわ」

自身が選ばれると信じて疑わないその自信には、この世界に生きる女には必要なのかもしれない。

「……ああ、確かに、調べさせてもなんの問題もなかった」

だが、海藤には必要なかった。

「そうでしょう」

にっこり笑う聡美に、海藤は冷たい一瞥《いちべつ》を向けた。

「おまえ自身に価値もないがな」

「……え？」

「なんの面白味もない、他人の不幸を笑える女。視界に入れるのさえ不愉快だ」

「なっ」

裏の世界に生きる自分には、もしかしたら一番ふさわしい女なのかもしれない。だが、海藤はもうこの手の中に温かな光を握っていた。己がどんなに汚れても、抱きしめるたびに浄化してくれる得難い存在、真琴。

その真琴とこの女を比べるまでもない。

「最初に言わなかったか？　お前ら相手じゃ勃ちもしない。無理やり突っ込んでも、そこから腐っていきそうだ」

「……！」

「どんな顔で涼子さんを騙《だま》したのかは知らないが、二度とその面を俺の前に見せるな」

海藤は静かに恫喝《どうかつ》すると、そのまま部屋を出た。苦い思いが過《よぎ》るのは、今の不愉快な時間のせいだ。

いつもなら女相手にそこまで言うこともないのだが、多分あの人種は甘い顔を見せればそこから入り込んでくるはずだ。

海藤から見れば取るに足らない存在でも、どこから真琴にまで害が及ぶかもわからない。そう思えば、ここで叩き潰すのに躊躇《ためら》いはなかった。

それよりも、海藤が気になったのは涼子のことだった。

たった数時間の調査で、あれだけのアラが浮かんだ。倉橋や綾辻が優秀とはいえ、涼子がまったく気づかないというのも不自然すぎた。

どう考えても、わざととしか思えず、一筋縄ではいかない涼子の思惑に、海藤はすっと目を細めて考え込む。

その頭の中には、既に先ほどの三人の女のことなど消えてしまっていた。

「真琴さん、何か食べませんか？」

「え〜と……、海藤さんが戻ってから一緒に」

海藤が涼子と席を外して十分ほど経った。

倉橋が側にいてくれるとはいえ、初めての場所で海藤もいないこの状況は心細くてたまらなかった。

「では、何か飲み物でも……」

そんな真琴に気を遣ってくれてかそう言いかけた倉橋が、ふと言葉を止めてしまう。それにつられるように顔を上げた真琴は、こちらに近づいてくる人影に目を丸くした。

「ご苦労さま、倉橋」

「会長とご一緒ではなかったんですか？」

「貴士は取り込み中」

笑いながら言った涼子は、倉橋から真琴に視線を向ける。

「少しいいかしら？」

「お、俺ですか？」

「涼子さん、私はこの方についていているように会長に申しつけられています。私もご一緒させてください」

倉橋も《涼子さん》と呼ぶことがなんだか意外だ。だが、涼子を見ていると、姐さんとか、奥様とかいう呼び方は違う気もした。

「口出し無用よ？」

「はい」

「それならいいわ」

涼子は背を向けて歩き始めた。真琴は自分がどうすればいいのか迷ったが、すぐに倉橋に背中を押される。

「言うとおりにした方が賢明です。私もついて行きますから」

慌ててしまい、思わず足がもつれて転びそうになるのを素早く支えてくれた倉橋に礼を言うと、真琴は目の前を歩く着物姿の涼子の後を追った。

涼子の目的がなんなのかまったく見当がつかない真琴の頭の中には、不安ばかりがグルグルと渦巻いていた。初対面の様子から、あまり歓迎されていないとはわかっていた。それでも、海藤の家族ともいえる相手だ。できれば好かれなくても、嫌われたくはない。

「真琴さん、涼子さんは少しきつい物言いをされますが、理不尽なことはされない方です。心配しなくても大丈夫ですよ」

よほど不安そうな顔をしていたのか、倉橋が声をかけてくれる。その気遣いに真琴も少しだけ笑みを浮かべた。

「……そうですね、倉橋さんも一緒だし」

「私はお役に立つかどうか……」

「側にいてくれるだけで安心です」

本当なら、海藤に側にいてほしい。しかし、現実にここに彼はいないのだ。

倉橋も十分頼りになるだけに、真琴は一人でなくて本当によかったと自分を慰めるしかなかった。


通された部屋は十畳ほどの座敷だ。

洋館なのに和室が結構あるなと思いながら、上座に座る涼子から少し離れて正座した。倉橋はそんな真琴よりもさらに後ろに座っている。

広間にはあれほど人がいたのに、ここは静寂が支配していた。

「今朝は失礼したわね。あなたのことは名前しか知らなかったから」

そう切り出した涼子に、真琴は慌てて首を横に振る。ただ、名前は知っていたんだなと漠然と思った。多分、海藤が菱沼に告げ、菱沼から涼子に伝わったのだろうが、涼子は海藤の相手が男の自分だと思った時、どう考えたのかと気になった。

すると、涼子は思いがけないことを話し始めた。

「貴士は今取り込み中と言ったけれど、今、私が勧める娘たちと会っているのよ」

「え？」

意味がわからなくて首を傾《かし》げた真琴に、涼子は今度ははっきりと言った。

「お見合い」

「……お見合い？」

(海藤さんが……？)

海藤と見合いという言葉が繋《つな》がらなくて、真琴はポツリと声に出してみる。

次の瞬間、まるで洪水のように現実が襲ってきた。

この同じ館の中で、今海藤は真琴の知らない相手と会っているのだ。嫌だというよりもまず真琴が思ったのは、やはりという気持ちだった。海藤の自分に対する愛情を疑うことはなかったが、周りが海藤に対して何を望んでいるか、それは真琴がわざと考えないようにしていたことだ。

海藤の仕事は別として、三十を越えた男の海藤と、学生でまだ十代の真琴では、結婚に対する世間の目はまったく違う。真琴自身、自分が結婚することなどとても考えられないし、周りもまだまだと思ってくれる。だが、海藤は違う。新しい家族を作るため、世間的にはそれが正しいことだろうと理解できても、生まれた嫌だという気持ちは抑えられなかった。

「あれも、もう三十二になるわ。今の立場では身を固めてもおかしくないわよね」

「で、でも」

「身贔屓《びいき》ではないけど、あれだけの男だから引く手も数多《あまた》なの。ねえ、あなたはどう思う？　結婚はおろか、愛人の一人もいない。跡継ぎになる子供もいないなんて、そんな甲斐《か》性《い》なしにしたのは誰かしら」

一つ一つの言葉が胸に突き刺さり、真琴は唇を嚙みしめる。

男同士で付き合うということは、世間から見ればどういうことなのか。頭の中でぼんやりと考えていたものが、涼子という存在で目に見えてしまった。

「貴士の子供が見たいのよ」

涼子ははっきりと言いきった。

「私たちには子供ができなかったから、小さい頃から育てた貴士は我が子同然なの。息子の子供を抱きたいと言っても、バチは当たらないでしょう？」

「涼子さん、会長はただ子供を作るだけで女を抱くことはしません」

口出しはするなと言われていたはずの倉橋が、何も言えない真琴を助けるように口を挟んでくれる。だが、涼子はばっさりと断ちきった。

「……壁は口がないものよ」

そこまで言われて、倉橋も次の言葉が出てこない。もう誰も助けてくれないのだと思い知り、真琴は膝《ひざ》の上の手を強く握り締めた。

「多分、今回の娘たちは駄目よ。裏で多少不味《まず》いことがあるみたいだし、そもそも、それに気づかない貴士じゃないでしょう。倉橋、お前も知っているわよね？」

倉橋は答えないが、涼子は構わなかったらしい。

「これは前哨《ぜんしょう》戦よ。これからもっと力をつけていけば、周りは貴士を放っておかない。次から次へと降るように話がくるわ。それでも平気？」

試されている。ようやく真琴はわかった。

長い間、ヤクザの妻として歩んできた涼子は、真琴にも同じような覚悟があるのかと聞いている気がした。

(好きとかいう気持ちだけじゃなくて……それ以上の……)

涼子はどんな答えを望んでいるのだろうか。そう考えてしまった自分を馬鹿だと思う。今大切なのは、涼子が望む答えを言うのではなく、自分の本当の気持ちだ。

「……好きだという気持ちだけじゃ、駄目ですか？」

ようやく出てきた声は震えていた。それでも真琴は言葉を続ける。

「俺は、海藤さんの仕事のことはわからないし、まだ大学生で、それに……男で……今の俺には、海藤さんにあげるものは何もありません」

海藤の見合いの相手はきっとそれなりにお金持ちで、彼にとって強力な後ろ盾《だて》になる者たちだろう。何より……。

「将来、海藤さんが子供が欲しくなって……その、女の人と一緒になりたいって言われたら、もしかしたら、手を離しちゃうかもしれないけど……あ～、あの、やっぱり、わかりません」

今、真琴は海藤が好きだ。その気持ちはこの先、変わらないだろうと信じてもいる。だが、様々に状況が変わった時、自分がどうするのか、真琴はまだそこまで想像できなかった。

そんな気持ちをどう説明していいのかわからず、真琴はしばらく唸《うな》ってしまう。

こんなことでは涼子を怒らせるだけだと思ったが、意外にも彼女は不思議そうに問いかけてきた。

「どうわからないの？」

「その……将来こうなるだろうとか、多分そうするだろうとか、今ここで言ったとしても、本当にその時がきたら、あ……でも、俺……きっと泣いて叫んじゃうと思います、嫌だって……うん、泣くかも……向こうに行っちゃやだって、離れるのは嫌だって、自分でも意味がわからないことを言って引き止めそう」

「……」

「だって、大好きな人とだったら、ずっと一緒にいたいって思うし……」

「それが、あなたの答え？」

改めて言われて、真琴は首を傾げた。

「……すみません。答えになってないと思いますけど、気持ちって説明できないから……」

そこまで言った時いきなり襖《ふすま》が開き、そこに海藤の姿を見て真琴は驚いて目を丸くしてしまった。

すぐに部屋の中に入ってきた海藤は、真琴の隣に腰を下ろす。じっと見ているとこちらを向いてくれて、まるでよくやったと褒めるかのように笑ってくれた。だが、その笑みに安堵する前に、彼からいつもと違う甘くきつい香りを感じてしまう。

真琴の頭に、さっき涼子が言った言葉が蘇《よみがえ》った。

（お見合いの相手の香り……）

そう思った瞬間、真琴は反射的に海藤から距離をとろうと腰を浮かしたが、簡単に許されるわけもなく、すぐに海藤に腕を取られてしまった。

「どうした？」

「あ、あの……」

「貴士、あなた無頓着《むとんちゃく》すぎよ。くさい匂《にお》いつけて」

真琴が答える前に、涼子が呆れたように言う。指摘されて海藤もやっと気づいたらしく、躊躇いなくスーツの上着を脱いで控えている倉橋に渡した。

続けてネクタイも外そうとする海藤を、真琴は慌てて手を押さえて止めた。

「もう、いいですっ。匂い、薄くなったからっ」

「……悪かった。無神経だったな」

「そ、そんなことないです。俺が小さなことまで気にしちゃって……」

香りが服につくことなど普段でもありえるのだが、涼子から海藤の見合いの話を聞いたばかりだったので香りの持ち主を想像してしまい、自然と身体が逃げ腰になってしまっただけだ。

子供っぽい自分の反応に今さらながら赤面したが、海藤はそんな真琴の頰にそっと指を触れると、宥めるようにくすぐった。その優しい指の動きに、真琴はようやくひと息つけた気がする。

「……親の前でイチャつかないで」

「！」

だが、呆れたような声に安堵しかかった気持ちは再び緊張した。慌てて海藤から離れて固まったまま正座する真琴と、平然としたままの海藤を交互に見つめた涼子は、はあ～と声が聞こえてきそうなほど大きな溜め息をついた。

「可愛い嫁を可愛がってあげるのが夢だったのに」

「真琴を可愛がってください」

きっぱりと言いきる海藤の気持ちは嬉しかったが、真琴は涼子の気持ちを考えると喜んでばかりもいられなかった。子供のいない涼子にとって、海藤の子供というのは特別なものだったはずだ。

自分の存在のせいでその夢が遠いものとなってしまった涼子に、真琴は真摯に謝った。

「すみません。涼子さんたちにとっても、身内は海藤さんしかいないのに……でも、どうしても海藤さんの子供を見たいっていうの、やっぱり俺は……嫌です」

自分の気持ちがわからないと言ったくせに、嫌なことだけは口にする自分が情けない。しかし、深く落ち込む真琴の言葉を聞いた海藤が眉を顰めた。どうやら真琴の言葉を聞いて、涼子がどういう話で真琴を説得しようとしたのか見当がついたようだ。

珍しく大きな溜め息をつくと、涼子に向って言った。

「嘘で真琴を追い詰めないでください」

「……え？」

どういうことだろうと海藤を見ると、彼は真琴に理解させるようゆっくりと説明してくれた。

「涼子さんにはちゃんと子供がいる」

きっぱりと言われ、えっと真琴は言葉に詰まった。

「だ、だって、子供がいないから海藤さんを引き取って……」

「違う。上は女だったし、下は身体が弱かったから、一応俺を跡継ぎにしようとしただけだ」

「上はって、じゃあ……」

「上は三十四。下は男で二十六。立派な子供が二人いる」

「やあねえ。歳まで言わなくてもいいじゃない」

唖然とする真琴に、海藤は涼子を見据えながら説明してくれる。

涼子は十七の時に長女を、二十五の時に長男を産んでいるが、既に嫁いでいる長女は海外在住で、長男は大東組に入って同じ世界に足を踏み入れているらしい。

「だって、貴士を自分の子と同じように思っているのは嘘じゃないもの」

あっさり認めた涼子は口を尖《とが》らすが、そんな仕草が妙に似合っていて、真琴はごく自然に可愛い人だなと思ってしまった。それと同時に、涼子に子供がいるという事実に安心もした。もしもこのまま海藤に子供ができなくても、彼女には孫を抱く可能性があるのだ。

それだけで涼子のついた嘘などはまったく気にならなくなった真琴だが、海藤の方はそのまま流すことはできなかったようだ。

「あの女たちは駄目ですよ」

「やっぱり？」

「涼子さんが選ぶにしてはアラがありすぎると思いましたが……」

「親がずっと煩かったのよ。貴士が直接断わってくれた方が話が早いし」

「結婚はしません。もし、仮にするとしたら、海外で真琴としますよ」

「か、海藤さんっ？」

　いきなり結婚と海藤が口にして、真琴は瞬時に赤くなる。まともに顔を上げることはできなかった。

「……普通の子よね？　メリットがあるとは思えないけど」

「関係ありません。俺は俺の力で上に上がりますから。それよりも、今回のことはうやむやにできません。涼子さん、真琴に頭を下げてください」

「い、いいんですよ、俺っ」

　涼子の言動は真琴にとってはいちいち胸に突き刺さるものだったが、それは彼女が海藤を心配したうえだということはよくわかる。結局、海藤はその見合いの相手に断りを入れてくれたらしいし、今こうして側にいてくれるだけで十分だ。

　だが、海藤と涼子の間ではすべてをなかったことにはできないらしい。

「涼子さん」

海藤がもう一度その名を呼ぶと、涼子は黙って上座から立ち上がり、真琴と海藤よりも入り口に近い畳に座り直すと、両手をついて深々と頭を下げる。

背筋の伸びた、思わず真琴が見惚れてしまうほどの綺麗な土下座だ。

「この度のこと、申し訳ありません」

「……海藤さん、あの……」

「悪かったな、心配させた」

「……っ」

優しく囁かれ、真琴の心の中で渦巻いていた不安や恐怖が消えていく。自覚していた以上に、涼子の言葉は自分の胸に暗い影を落としていたらしい。だが、海藤の思いやってくれる言動で、本当に全部、解消できた気がする。

やがて、顔を上げた涼子の頬には笑みが浮かんでいた。

「貴士の子供を見たいと思うのは、諦《あきら》めなくちゃいけないみたいね」

「涼子さん」

「ただし、よく覚えておきなさい。彼は素人でまだ学生の、ほんの子供だということ。あなたが守らないと、潰れてしまう可能性だってあるのよ」

「はい」

「江梨子《えりこ》が近くにいないから、貴士のお嫁さんを娘みたいに可愛がろうと思ったんだけど、

嫁相手じゃ文句も出ちゃうわね。息子がもう一人できたと思いましょう」

「ありがとうございます」

頭を下げる海藤の隣で、真琴も感謝を込めて深く頭を下げる。

こんなにも海藤のことを考えてくれている人がいたということが嬉しくて、涼子が見ていると思ったが、そっと海藤の手を握っていた。


「マコちゃんは置いて、お前だけ帰ったらいいよ。ね、マコちゃん」

「あ、あの」

翌日、玄関先で別れを惜しむ菱沼に抱きしめられた真琴は、呆れている様子の海藤と涼子に助けを求めた。

「貴士はどうせ暇だろうし」

「暇じゃないですよ」

「そうか？　面倒なことは倉橋に任せてるんだろう？」

「していません」

身内ばかりの場での海藤と菱沼の会話はどこか伯父と甥といった雰囲気だ。いつもは自分よりもはるかに大人の海藤が微妙に子供っぽく見えるのが新鮮で、真琴は嬉しくなって二人を交互に見た。

「つまらないな〜。涼子さんもそう思わないかい？」

「本当よ。明後日《あさって》には江梨子や辰之助《たつのすけ》が帰ってくるのに」

涼子も残念そうに言う。

聞き慣れない名前に真琴が海藤を見ると、その意図を察してすぐに答えてくれた。

「伯父の子供、俺の従姉弟《いとこ》だ」

「江梨子はもう二人の子持ちよ。おじいちゃんとおばあちゃんなのよね、私たち」

「そうか、あの子たちが来るのか」

やはり孫の顔を見るのは嬉しいのか、菱沼も涼子も楽しそうだ。

ただ、どう見ても若い二人が、特に涼子が、孫を持つ年齢にはとても見えない。

「……若いですよね、涼子さん」

「え？」

真琴の言葉に振り向いた涼子に、言い方が悪かったかと真琴は慌てて言い換えた。

「あ、姐さんは、若いですね」

「姐さん？　……やだ、久し振りに呼ばれたわ」

それは涼子の笑いのツボに嵌《はま》ったらしく、彼女は声を押し殺して笑い始める。

どうやら怒ってはいないようだと安心した真琴は、ほうっと安堵の溜め息をついた。

場が和やかになり、よほど自分を気に入ってくれたのか、菱沼は別れ際もう一度真琴を抱きしめて言う。

「次は貴士なんて置いてきて、ユウと二人で遊びにおいで」

その後、見送る菱沼たちの姿が見えなくなるまで後ろを向いて手を振っていた真琴は、ようやくシートに座り直して海藤を見上げる。

「連れてきてくれてありがとうございました。すごく楽しかったです」

「そうか」

「ここに来るまでは少し不安だったけど、本当に来て良かった」

涼子には厳しいことも言われたが、真琴はかえってありがたいと思った。誰も自分が悪者にはなりたくないのに、あえて苦言を言ってくれた涼子の気持ちが嬉しかったからだ。

「また、来たいです」

「正月でも来るか」

「はい」

素直に頷いた真琴は、ふと気がついたように窓の外の風景を見ながら聞いてみた。

「今から帰ったらどのくらいに家に着きますか?」

「いや、少し寄るところがある」

「寄るところ？」

「せっかくここまで出てきたからな。温泉に寄って帰ろう」

思いがけない海藤の言葉に、真琴はかなり驚いた。そうでなくても、日々忙しい海藤が今回、菱沼の誕生祝いに赴《おもむ》くための時間を作ることが大変だったのを知っていたので、その上温泉にまで行くとはまったく考えもしなかったからだ。

「あ、あの、温泉ってどこに行くんですか？」

「箱根《はこね》だ」

「は、箱根？　遠くないですか？」

「懇意にしている宿がある。一日三組しか客を取らないし、全室離れだ。人の目を気にしなくていい」

「……懇意……」

「真琴？」

そう呟いて眉を顰める真琴を見る海藤に、楽しそうな声が前からかかった。

「やだあ、社長〜。マコちゃんは社長が誰と行ったかって気になってるんですよお」

「あ、綾辻さんっ」

助手席に座っている綾辻が笑いながら言うのを、真琴は慌てて身を乗り出して止めた。

既に通常モードに戻っている彼は、《会長》ではなく《社長》と呼んでいたが、その前の爆弾発言で真琴の頭の中は真っ白になってしまう。

「お、俺、そんなこと思ってませんから！」

（綾辻さんってば〜……っ）

祝い金や経費等の計算のために後から合流する倉橋に代わり、今回車に乗り込んだ綾辻を真琴が恨めしげに見て言うと、海藤が真琴の顔を覗き込んできた。

「そうなのか？」

「う……」

そうだと素直に認めるのは恥ずかしいが、違うと嘘はつけない。唸る真琴に、海藤は笑みを浮かべて肩を抱き寄せた。

「女とは行ったことがない。組関係の、仕事の相手だ」

嫉妬した自分が恥ずかしく顔が赤くなってしまったが、海藤の言葉に真琴は内心安堵した。


数時間のドライブの後、夕方には宿に着くことができた。

手入れをされた広い庭園を抜けた先に見えた重厚で立派な玄関に、真琴はただただ呆然としてしまうしかない。

　まるで旅行番組で見るような、いかにも「特別な宿」に、どうしても気後れしてしまうが、海藤はそんな真琴の背中を軽く押して、純和風の広々とした玄関に足を踏み入れた。

（ひ、広い……）

　木の香りがする広い玄関に入るとすぐ、

「海藤さま、いらっしゃいませ」

　五十代だろうか、上品な和服をまとった女将《おかみ》らしい女性が現われ、海藤に向かって深々と頭を下げた。

「世話になる」

「はい、お部屋はご用意できております。お食事はいかがされますか？」

「綾辻、倉橋はいつ着く？」

「七時には」

「七時半に頼む」

「かしこまりました」

　普通部屋に案内されてから交わす会話をこの場で終わらせ、海藤は離れに続く引戸を開けた女将を置いて足を進めた。

「か、海藤さん、いいんですか？」

後ろを気にして振り返る真琴とは反対に、海藤はまったく意にも介さない。

「ここは必要以上に客と接触しないようになっている。常連客がほとんどだし、どこに何があるとの説明はいらないしな」

「へえ」

「それに、今日は貸切だ。他の客と顔を合わすことは絶対にない」

「え？　じゃあ、あとの二部屋は……」

「私と倉橋が泊まるわ。こ〜んな上等な部屋に泊まれるなんて滅多にないし、存分に満喫させてもらいます」

少し離れて歩いていた綾辻が楽しそうに言うのを聞いて、真琴はもうそれ以上言葉が出てこなかった。

「わぁ……」

部屋に入った途端、開け放たれていた障子の向こうには竹林が見えた。どうやら各部屋は竹林の中に点在するように建てられているらしい。だが、他の部屋の姿かたちも見えないし、竹が風に揺らされさざめく音が余計な雑音を部屋に入れなかった。

部屋の造り自体は立派なものの、老舗《しにせ》ということでどこか古めかしく懐かしい空気がある。足を踏み入れた時は緊張していた真琴も驚きからようやく覚め、窓から外を眺めたり、二つもある立派な風呂《ふろ》を覗きに行って歓声を上げたりと、普段とは違う環境に気分が高揚してきた。

「凄いですよねえ、あの露天風呂！　五人くらい入れそう」

露天風呂の周りはライトアップされていて、薄暗くなった景色の中とても幻想的だ。

「他の二部屋はどういう造りなんですか？」

「部屋は似たり寄ったりだが、露天風呂はそれぞれ違うな。食事の前に入るか？」

そう言いながら海藤の手が頬に触れた途端、真琴は思わず後ずさってしまった。

この後の海藤の行動を勝手に考えている自分の方がいやらしいのかもしれないが、もしも流されてしまったら……そう考えると、どうしても身構えてしまう。

「俺、一人で入りますからっ」

意を決して強く言うと、海藤はふっと目を細める。そこに零れそうなほどの愛情を感じ、真琴はじわじわと顔が熱くなった。

「わかった。今は、一人ずつで入ろうか」

「は、はい」

甘やかされている。それがとても心地好く、真琴は風呂に入る前から心が温かくなる。

露天風呂は、とても気持ち良かった。魂から癒《い》えるというのだろうか、なんだか全身が綺麗になった気がする。

多分、菱沼と涼子という、海藤にとって大切な人間と会わせてもらい、二人の関係を認めてもらった今だからこそ、こんなにもゆったりとできるのだろうと、真琴は湯の中で目いっぱい両手足を伸ばした。

「いいお湯だったぁ」

全身がホカホカに温まった真琴が座敷に戻ると、既に風呂から上がっていた海藤の姿に足を止めた。

「……」

「どうした？」

海藤が声をかけてくれたのに、なかなか言葉が出てこない。

いつも見慣れたスーツ姿ではなく、ゆったりとした抹茶色の浴衣姿の海藤は、滴るような色気を全身から感じさせていた。少し濡れた髪が額にかかり、普段よりも若い印象だ。

さすがに高級旅館らしく、浴衣もきちんとした上等なもので、その浴衣に負けている自分とはまるで違う。

その姿を見ただけで、真琴の身体の奥に火がついた気がした。

「真琴？」

「え、あ、あの、俺、浴衣の着方がよくわからなくて……」

誤魔化すように言ったが嘘ではない。真琴に用意されていたのは山吹色の浴衣だ。着慣れないため、適当に帯を巻きつけただけだが、海藤の隣に立つとまるで子供が着たようなお粗末さが今さらのように恥ずかしくなる。

　すると、立ち上がった海藤が入り口に立ちすくむ真琴の前まで歩み寄り、そのまま手を取って中に引き入れられた。そして、着たばかりだというのに既に帯が緩んでいる真琴の浴衣を、きちんと直してくれる。

「あ……」

　風呂上がりなので下にはシャツも着ておらず、浴衣を直す海藤の手がかすめるように素肌に触れた。

　海藤は単に手直ししてくれているだけなのに、その手を意識して身体を震わせてしまうのが恥ずかしい。真琴は自身の反応を知られないようにずっと俯いていたが、その視線の先で緊張して尖ってしまった乳首に、海藤の手の甲がまるで擦るように触れたのが見えた。

「ん……」

　思わず声が漏れてしまい、真琴は恐る恐る海藤を見る。だが、その表情はいつもと変わらないように感じた。

（俺だけ、こんなの……）

　たったこれだけの刺激でペニスが勃ち上がりかける自分が恥ずかしくて、真琴は海藤から離れようと腰を引こうとする。しかし、その身体を反対に抱き寄せられ、耳元に顔が寄せられた。

「これだけで感じるなんて、可愛い身体だな」

その言葉で、この接触が偶然ではないことに気づいた真琴は、一瞬で首筋まで真っ赤になると、

「海藤さんの馬鹿っ」

そう叫び、そのままトイレに駆け込んだ。


風呂上がりの海藤の悪戯《いたずら》にすっかりへそを曲げた真琴だったが、その後を考えるといつまでも怒り続けていることもできなかった。

自分たちの部屋に誰も入れないためか、食事は綾辻の部屋に用意されていた。海藤と共に中に入ると、既に到着していたらしい倉橋と共に出迎えてくれる。

海藤は用意された上座の席に着き、真琴はその隣へと促された。

「凄い豪華……」

テーブルの上に並べられた様々な料理に目を輝かせていると、綾辻が笑いながら声をかけてくる。

「マコちゃん、この後、鮑《あわび》も伊勢海老《えび》も、鮪《まぐろ》もあるわよ」

「す、凄いですね」

どれもこれも美味《おい》しそうで目移りしてしまった。

「真琴、せっかくの料理だ。美味《うま》い時に食え」

「あ、そうだった。いただきます」

料理の量も品数も人数以上に揃えられていて、酒も洋酒から日本酒にビールと、所狭しと並べられている。さらに追加の料理が次々と運ばれてきて、真琴はいちいち歓声を上げた。

食欲の方へと比重が傾く真琴とは違い、海藤と綾辻は新鮮な刺身を肴《さかな》にビールから日本酒、ワインに水割りと、相当な量を次々飲んでいるが、まったく顔に出ることはなく、酔った素振りも見せない。

倉橋は飲めないわけではないようだが、どちらかというとそれぞれの世話をすることに忙しそうだ。

真琴は早めに出してもらったデザートを早々に平らげ、譲ってくれた海藤の分も口にしていた。冷たくて、甘くて……なんだか身体の中からポカポカと温まる。

（ポカポカ……？）

冷たいものを食べているのに不思議で、なんだかおかしい。上機嫌になった真琴は、綾辻の前にあるデザートの皿にまで手を伸ばした。

「これ、おいひいなぁ」

「真琴？」

海藤に頬を撫でられ、真琴はくふっと首をすくめる。

「ふふ、くすくたぁ〜い」

「……」

意味もなく楽しくて笑うと、いきなり海藤に抱き上げられた。

「部屋に戻る」

綾辻と倉橋が何か言っているようだが、真琴は目の前の海藤に抗議の声を上げた。

「まだたべれるぅ」

「俺もデザートが食べたくなった」

「かいどーさんも？」

「ああ。だから部屋に戻っていいか？」

「それなら、ゆるそお〜」

デザートが食べたい海藤なんて可愛い。真琴は手を伸ばして海藤の頭を何度も撫でながら笑った。

軽々と運ばれることも、いつもなら情けないと思うのに、今日は楽ちんだなと楽しいだけだ。真琴は海藤にすべてを預け、少しだけ微睡《まどろ》んでしまった。

（ん……あ……つい？）

しばらくして、真琴は素肌に感じる熱さと濡れた感触にぼんやりと目を開ける。

「起きたか」

すぐ後ろから、笑いを含んだ声が聞こえた。ゆっくりと振り返ると相変わらず格好良い海藤が、眼鏡をかけていない目元を緩ませてこちらを見ている。

「……かいどーさん？」

「ん？」

「……ここ……」

「ああ、部屋の露天風呂だ。寝る前に入りたいって言っていただろう？」

「……おふろ？」

未だはっきりとしない頭で考えながら、そこでようやく真琴は自分の身体を見下ろした。

「……はだか……うわ……」

風呂に入っているのだからもちろん全裸で、同じく全裸の海藤に後ろから抱きかかえられているような形だ。海藤の足の上に座っている状態に気づいた真琴は、慌てて身を隠そうと身体を捩った。

しかし、まだ頭の中がふわふわとしているせいで動きもままならず、真琴はすぐに海藤に引き戻されて同じ体勢になってしまう。だが、さすがに羞恥はあって、真琴は手を伸ばして股間《こかん》を隠した。

「か、かいどーさん、これ……やだ」

「どうして」

「はずかしいよ……」

素肌というのは限りなく頼りない。すべてを見られている感じがするし、意識し始めれば違う部分も気になってしまう。

（かいどーさんの……あ、当たってるし……）

ちょうど真琴の尻の部分に当たっている海藤のペニスが、既に硬くなり始めているということもわかる。自分のものよりもはるかに大きく存在感のあるそれが、ゆっくりと真琴の双丘の狭間《はざま》に入り込んでこようとしているのだ。

いたたまれず、真琴は腰に回っている海藤の腕を軽く叩いた。

「どうした、真琴」

「……っ」

尋ねる声に笑みが含まれているのがわかっていても、真琴ははっきり声に出して拒否はできなかった。

後ろから見ている真琴の白い背中がたちまち淡いピンク色に染まっていくのは、湯の熱さだけではないだろう。

海藤は唇に笑みを浮かべたまま、後ろからそっと真琴の胸に手を滑らせた。

「んっ」

反射的に声を漏らした真琴は、そのまま海藤の手から逃れようと腰を浮かべる。

それを利用した海藤は、真琴の足の間から手を伸ばしてペニスを掴んだ。

「やぁ」

まだ柔らかく力がなかった真琴のペニスは、海藤に触れられただけでたちまち頭をもたげてくる。本当に素直で、感じやすい身体だ。

「こ、こんなとこで……っ」

「ここはこういうことをする場所じゃないのか？」

「しないです……っ」

両足に力を込めて閉じようとしているものの、間に海藤の手があっては完全に閉じることなどできない。いや、意識しないまでも新しい刺激を求める真琴の身体は、徐々に海藤の動きに反応してきた。

（本当に可愛い）

デザートに含まれていた少量の日本酒で酔ってしまった真琴の可愛い絡みに、夕方理性で鎮めた欲情にたちまち火がついてしまった。

日常とは切り離された空間だからこそ、思いきり羽目を外してほしい。明日、真琴は今夜のことを覚えていないかもしれないが、海藤はこの好機を見逃すほど紳士ではなかった。

わずかに空いた足の隙間《すきま》に手を滑らせ、柔らかな肌を悪戯にくすぐる。すると、湯とは別の粘ついた感触が指に伝わってきた。

「……っ」

力が抜けてしまったのか、真琴はそのまま海藤の胸にもたれ込んでくる。

危なげなく受け止めた海藤は、肩に頭を預けてくる真琴を抱え直すと、小さく開いた唇にキスを落とした。

「ふぅ……っ」

絡めた舌は熱い。まだ酔いが醒《さ》めていないのだろう。

「……甘いな」

濡れた音をたてながらキスを解いた海藤は、無防備な首筋から背中へと唇を這《は》わせていった。

真琴が身体を震わせるたびに、湯が音をたてて暴れている。

「真琴」

「か、かいどーさ……」

「全部、俺に預けたらいい」

キスを交わし、ペニスへの刺激を与え続けていると、いつもよりずいぶん早く真琴の身体は快感に解けていった。

絶え間ない喘《あえ》ぎ声に欲情を掻《か》き立てられ、海藤はそのまま尻の狭間に指を差し入れる。

「ひゃっ」

さすがに声を上げる真琴に、海藤は耳たぶを食《は》みながら囁いた。

「痛いか？」

「い、痛くな……けど……お湯が……」

「湯が中に入るのか？　どんな感触だ？」

真琴の言いたいことはわかる。解《ほぐ》すために加える愛撫の途中、わずかな隙間から真琴の身体の中に湯が入っていくのだ。その熱さと感触に違和感があるのだろうが、どうやら痛みはないらしい。

海藤はそのまま指を動かし、タイミングを見てもう一本を差し入れた。

「あ、熱い……、や、やだあっ」

突然声を上げた真琴は、そのままプルッと身体を震わせた。反った背中や硬直した腿《もも》の感触が海藤の身体にも伝わる。そして、湯の中に白いものが浮かんできた。

「で……ちゃ……」

真琴は半べそをかきながら俯いてしまった。湯の中で射精してしまったことがショックだったのだろう。しかし、海藤からすれば、自分の指で感じる真琴を見ることができて嬉しいばかりだ。

「お前が感じてくれると俺も感じる。真琴、ほら、顔を上げてくれ」

身体を軽く揺すり、宥めるように頬にキスした。真正面から見た真琴の顔は真っ赤に熟れている。

「……可愛いな」

笑いながら言い、海藤はまだ真琴の尻の中に埋めたままの指で内壁を軽く擦った。

「！」

直接的な刺激に、たった今イッたはずの真琴のペニスが揺れる湯の中で再び勃ち上がってきたのが見える。

「いつもより柔らかくて熱いな。このまま……いいか？」

指を動かしながら言う海藤に、真琴は微《かす》かに首を横に振った。

「や、いや……」

「どうして」

「お湯……入っちゃうから……怖いよ……」

「そんな隙間はないだろう」

何より、海藤が真琴を欲しくて我慢できなかった。真琴の負担を考えれば部屋で抱くのが良いのだろう。だが、その手間が待てないくらい、海藤は真琴の淫《みだ》らな反応に煽《あお》られていた。

海藤は真琴の身体を抱え直し、ゆっくりと指を引き抜く。尻の蕾《つぼみ》が閉まる直前、一気にペニスの上に白い身体を引き下ろした。

「あぁっ、あふっ」

綻んでいた穴は、そのまま海藤のペニスをギッチリと銜え込む。搾《しぼ》り取られるような狭さに眉を顰めたものの、海藤が真琴を抱きしめると、まるで溺《おぼ》れかけの人間が助けを求めるかのように強くしがみついてきた。

下からすくい上げるようにキスをし、そのまま味わうように真琴の身体を上下に揺らす。すると、きついだけだった中がじわりと蠢《うごめ》き始めた。

「んっ、あ……はぁ……っ」

浮力のせいでいつもよりずっと軽いが、その分動きも制約された。

だが、こうして出し入れするだけでも十分感じるし、真琴の方は激しい抽送に息も絶え絶えになっていた。

「ほら、動かないと終わらないぞ」

「だ、だって……っ」

「お前が上になっているんだ。お前の好きなように動けばいい」

「……っ」

わざと動かないでいても、ペニスを呑み込んだ真琴の内部は息をするごとに蠢き、海藤に絶え間ない快感を与え続ける。

その感覚に海藤が眉を顰めた次の瞬間、真琴の身体がわずかに動いた。海藤の肩に両手をつき、震える足で身体を持ち上げる。

その拍子に中のものの角度が変わり、ペニスが内壁を擦る感触に身体を震わせていたが、真琴は海藤の言うとおり拙《つたな》いながらも自ら動き始めた。

「あっ、あっ、あんんっ」

まだ少し、酔いが残っているのだろうか、正気だったらまず考えられなかった。

「……っ」

微かな湯気の中、白い身体が上下する様子は淫らで、一生懸命海藤に快感を与えようとする姿は健気《けなげ》だ。目の前でぷくりと勃ち上がった小さな乳首は愛撫を求めて震えており、海藤は誘われるままそこへ顔を寄せると、歯で、舌で扱いて可愛がった。

そのたびに、自身を締めつける真琴の中の動きは複雑に扇動して、海藤も任せているだけでは物足りなくなってくる。

「動くぞ」

「え、ええっ、あふっ」

真琴の腰を摑んで身体を上下に動かし、自身も下から腰を突き上げだ。

いきなり響く湯の音に、ここがどこだかをようやく思い出したらしい真琴が、半泣きになりながら哀願してきた。

「み……られちゃ……っ」

「俺たち以外は誰もいない」

「で、でもっ」

「このまま出すぞ……っ」

一際強く腰を引きつけると、その衝撃に真琴は再びイッてしまった。構わず最奥を犯し続けた海藤も、間をおくことなく真琴の内部に熱い精液を吐き出す。

激しいセックスのせいと湯あたりなのか、力なく肩に顔を埋めてくる真琴を抱きしめ、海藤はペニスを突き刺したまま湯の中から立ち上がった。

「ふぁ！」

その新たな衝撃に、真琴は甘い声を放つ。

「ぬ、抜いて……」

「このまま終わりだと思うのか？」

「え……あ……んっ」

甘いこの身体を、まだ離すつもりはなかった。

濡れた身体を拭《ふ》く間も惜しみ、海藤は用意された布団の上に真琴を下ろした。その時だけ温かな中からペニスを引き出したが、海藤は体勢を変えると、今度は真琴の腰を高く抱え上げて未だいきり立つ己を突き刺した。

「あっ、あっ、はっ……っ」

萎《な》えることのないそれが中を擦るたび、真琴は可愛い声を上げ続ける。意識は朦朧《もうろう》としているようだが、何度も何度も海藤の名前を呼んでくれた。

「か、かい……ど……っ」

「真琴……っ」

愛しくてたまらず、海藤は奪うようにキスをする。舌を絡め、口腔内をくまなく愛撫し、唾液を注ぎ込んで、口の中まで己のものだという印をつけた。

もう、何度も抱いたというのに、いつまでも愛しさの底が知れない。抱けば抱くほど増す快感に、海藤自身が溺れてしまっている。

本来なら男を受け入れることなど考えてもいなかっただろう真琴が、こんなにも深く海藤を抱きしめ、愛してくれる。

真琴以上の存在になど、もう二度と会えない。

「愛してるっ、真琴」

「お……れも……っ」

言葉を返され、胸の奥が温かくなる。今、自分はどんな顔を真琴に晒しているのだろうか。真琴は涙で潤んだ瞳《ひとみ》に笑みを浮かべ、何度も何度も思いを伝えてくれた。

「す、好き……っ」

「真琴……」

「大す……き！」

強くしがみついてくる身体をそれ以上の力で抱きしめながら、海藤はその最奥に新たな快楽の飛沫《ひまつ》を放った。


「あ〜ら、お肌ツルツル、お目々もウルウル。ずいぶん可愛がってもらったのねえ」

「あ、綾辻さん」

翌朝、午前十一時というゆっくりした時間にチェックアウトをすませた。

玄関前で車が来るのを待っていた真琴は、後ろから綾辻にそうからかわれて顔を真っ赤にする。

綾辻の言ったように、昨夜遅くまで散々海藤に抱かれた真琴は、今朝目を覚ましたのはもう十時になろうかという時間だった。どうしてももう一回風呂に入りたかったので慌ただしく用意をし、チェックアウトを遅らせようという海藤の言葉を断って風呂に入って、朝食をすませた。

その間、海藤を放っておく形になってしまったが、彼はただ苦笑しながら付き合ってくれた。

普通に暮らしていたのなら、到底こんな高級宿に泊まることはなかっただろう。真琴のことを思って先回りで気遣ってくれる海藤の気持ちがとても嬉しかった。

「温泉は？　いっぱい入った？」

「はい、二つとも。綾辻さんは？」

「私も堪能《たんのう》したんだけど……克己と混浴できなかったのが唯一の心残りね～」

「……何を馬鹿なこと言っているんですか」

今にも一発手が出そうなほど不機嫌な倉橋の声に、綾辻は真琴に軽くウインクして見せた。

「照れ屋さんなのよ、克己は」

「綾辻」

「はいはい、もう言いませ～ん」

綾辻の話は面白くて、真琴はついつい顔が綻んでしまう。

珍しく憮然とした表情の倉橋と、相変わらずの笑みを浮かべている綾辻を交互に見ながら、真琴はこのメンバーと来られて本当によかったと感じていた。

車に乗って間もなく、海藤が身体の調子を尋ねてくる。

これからマンションに帰るまでの数時間の車の移動で、真琴の身体がきつくならないか心配してくれているらしい。たとえその原因が海藤自身であっても、真琴はいつでも自分のことを優先して考えてくれる気持ちが嬉しかった。

「本当に大丈夫です。それより、海藤さん。こんな凄くいいところに連れてきてくれて、ありがとうございました」

「お前が楽しんだのならいい」

「すっごく、楽しかったです」

「……俺も楽しかったな」

「海藤さんも？」

自分が感じた特別な時間を、海藤も楽しんでくれたことが嬉しい。

身体には昨夜の甘い疲れが残っていたが、何度も途中で休憩を取ってくれたおかげで、マンションに着いた時には体調もほぼ戻っていた。

「あ～、やっぱりうちが一番落ち着く～」

リビングの大きなソファに懐くように座り込み、真琴はしみじみと呟いた。

（あんな豪華な宿に泊まるのも楽しいけど、やっぱりここが一番好きだなあ）

海藤と暮らすこの部屋が、いつの間にか自分の居場所になっているのを感じる。

真琴は視線を上げた。

目の前で海藤は上着を脱ぎ、カフスボタンを外している。その姿が寛《くつろ》げる場所に戻ってきたという雰囲気で、真琴はなぜか嬉しくなった。

「どうした？」

真琴が笑った気配に気づいたのか、海藤が視線を向けてくる。向けられた方がくすぐったくなるような優しい眼差しに、真琴は照れて顔を赤くした。

「うちはいいなあって思って」

「……うちか」

「海藤さんは？」

「俺はお前がいればどこでもいいが……お前がここがいいと言うなら、俺もここがいいな」

「……」

（……殺し文句だよ、海藤さん）

普段口数はけして多い方ではない海藤も、真琴に対してだけはできるだけ言葉を尽くそうとしてくれる。それは飾りのない言葉だけに、そのまままっすぐに心に届くのだ。

なんだか甘い雰囲気になってしまいそうで、真琴は慌てて話題を変えた。

「く、倉橋さんたちも疲れたでしょうね。海藤さん、明日は倉橋さんたちはお休みですか？」

「いや、通常業務だな。綾辻はわからないが、倉橋は融通の利く奴じゃないし、休むことはないだろう」

「……そうですね」

いつも綾辻の軽い態度を批判している倉橋だ。自らが楽になる道を選ぶことは考えられない。

「海藤さんも？　仕事ですか？」

「朝はゆっくりできる」

「ホントに？」

（じゃあ、明日の朝食は俺が作ろうかなあ）

まだまだ和食などはレベルが高いが、パンを焼くことぐらいはできる。後は野菜を千切って、コーヒーをたてて。

（あ……サイフォンの扱い方がわからない……）

根本的な問題に眉を顰めていると、いつの間にか近づいていた海藤が隣に腰を下ろし、肩を抱き寄せられた。

「どうした？」

「えっと……サイフォンの扱い方がわからないなあって……」

たったそれだけの言葉で、海藤は真琴が何を考えているのか理解したらしい。苦笑しながらポンポンと軽く頭を叩いた。

「明日の朝食は一緒に作るか？」

「海藤さん」

「真琴の包丁捌《さば》きがどれほど上達したか、見せてもらおう」

「はい」

二人並んでキッチンに立つのも楽しいだろう。真琴は笑って頷く。

「真琴、風呂はどうする？」

少し早めの夕飯は途中ですました。時間的にはまだ寝るのには早いし、楽しい時間が終わってしまうのも寂しい。

海藤の方は、どうやら真琴の身体が心配なようだ。

「あれだけ湯につかったんだ、疲れているだろう？」

「まだ入り足りなかったくらいですよ？　できれば倉橋さんとこと綾辻さんとこのお風呂にも入りたかったくらい」

「……そうなのか？」

「それに、やっぱり綺麗にして寝たいし、お風呂沸かしますね」

ソファから立ち上がってバスルームに向かおうとすると、海藤が声をかけてくる。

「一緒に入るか？」

まさか、そんなことを言われるとは思わなかった。同時に、温泉で抱かれたこともおぼろげながら思い出してしまい、真琴は一瞬で顔が熱くなる。

「い、一緒になんて入りませんっ」

「俺は一緒に入りたいんだが」

「だ、駄目ですっ」

慌ててバスルームまで走ったが、海藤は後を追ってこなかった。どうやら真琴をからかうために言ったらしい。

「もう」

温泉よりも狭いものの、十分広い慣れた湯船に浸かった真琴は、目を閉じてこの数日のことを思い返した。

伯父さんは面白かった、涼子さんはカッコ良かった、温泉は楽しかった……ベッドに入ってからも寝る直前まで興奮したように話していた真琴は、ふと言葉が途切れたかと思えば、眠りに落ちていた。

（まるで子供だな）

海藤がそっと肩を抱き寄せると、無意識のまま縋りつくように胸に顔を埋めてくる。信頼され、想われている。海藤の胸に温かな充実感が広がっていった。

今回の軽井沢旅行は、海藤にとっては一種の賭《か》けだった。

会のトップだったという立場は抜きに、海藤の幸せを考えてくれている菱沼夫婦の気持ちが痛いほどわかったうえで、正式な結婚ができない真琴を生涯の伴侶と選んだことを伝えるのは躊躇いがなかったわけではない。

もちろん真琴と別れるつもりはなかったが、幼い頃から育ててくれた菱沼を簡単には切り捨てられなかった。

（会わせれば、気に入ってくれるとは思ったが……）

菱沼の方はそう想像できたが、涼子の方はなかなか行動が読めず、結局は見合いもどきのことをさせられてしまった。

しかし、これで一応真琴の顔見せはすんだ。

本宮にも紹介できたのは大きい。

これから先、真琴にちょっかいを出そうという人間も出てくるだろうが、はっきりした立場を示していれば海藤も動きやすかった。

「まあ……簡単に手を出す馬鹿はいないだろうが」

ゆっくりと夜は更けていく。

明日からもまた、楽しくて新鮮な毎日が待っているだろうと、海藤は腕の中にある幸せな温《ぬく》もりを抱きしめながら目を閉じた。

end

昔日への思慕

そろそろ秋の風を感じる十月の終わり、それは一本の電話から始まった。

『夜分遅く申し訳ありません』

「倉橋《くらはし》さん？」

その日、バイトが休みだった西原真琴《にしはらまこと》が風呂《ふろ》上がりに濡《ぬ》れた髪を拭《ふ》いていた時、突然、携帯電話が鳴った。電話の相手は、真琴の恋人——海藤貴士《かいどうたかし》の部下である倉橋克己《かつみ》で、数日振りに聞くその声に思わず頰《ほお》を緩める。

『マンションの方へかけても出られないと思いまして』

「あ、はい、海藤さんが出なくていいって」

もともと、海藤の持ち物の一つであるこのマンションに住むことになったのは、真琴の大学とバイト先からあまり遠くなく、治安的にもいいからと聞いていた。電話も滅多にかかることはなく、かかったとしても出なくてよいと言われている。

真琴は壁時計を見上げた。

「どうしたんですか？」

時刻は午後九時少し前。海藤が帰ってくるにはまだ少しだけ早い。

『実は……今晩、社長はそちらにお帰りになれないとお伝えするために連絡しました』

「え？」

いつものテキパキとした倉橋とは違い、どこか言いにくそうな雰囲気の口調に、真琴は急に不安になってきた。海藤の職業が職業だけにいつ何が起こるかわからず、突然湧《わ》き上がった恐怖に思わず倉橋に詰め寄った。

「何か……あったんじゃないんですか？」

『真琴さん』

「内緒になんてしないでください」

真琴にはどうしようもないことでも、何も知らないまま不安だらけでいる方が怖い。そんな思いに駆られて懇願すると、ずいぶん間を置いて倉橋は言った。

『……社長の身に何かあったということはありません』

「本当に？」

『はい。……真琴さん、ここからは社長の言葉ではなく、私の判断でお伝えした方がいいと思うので……』

改まった口調で前置きされ、自然と真琴の背筋も伸びる。そんな真琴の耳に届いたのは、思いもよらないことだった。

『一時間ほど前、社長のお父様が撃たれました』

「お……とうさん……？」

恋人の海藤は、いわゆる普通の立場ではない。関東最大の広域指定暴力団『大東組《だいとう》』の傘下、『開成会《かいせい》』の三代目組長、簡単に言えばヤクザの頭、それが海藤の肩書きだ。

一緒に暮らし始めて半年ほど経ち、先日、伯父《おじ》の菱沼辰雄《ひしぬまたつお》に初めて会わせてもらったが、両親に関してはまったくというほど話にも出なかった。

倉橋が言うには、海藤はまだ幼い頃に母親の兄であった元開成会会長の菱沼に引き取られ、後継者として育てられてきたらしい。実の両親と離れて暮らすようになってもう二十年以上は経つと聞き、驚きに真琴はなかなか次の言葉が出なかった。

『最近、お父様が体調を崩されて九州の方に静養に行かれていたのですが、そこで狙撃《そげき》されたようです』

「あ……」

いきなり生々しい話を聞かされ、真琴は息が詰まるような感覚に襲われる。普通に暮らしているのなら、この日本で撃たれるということなどありえない話だ。

真琴は改めて、自分が好きになった男がどういう世界で生きているのか、思いしった。

『真琴さん』

電話の向こうから、倉橋が呼びかけている。その声に気遣う響きを感じ、真琴は一度大きく深呼吸をしてから言葉を押し出した。

「怪我《けが》は……大丈夫なんですか？」

『こちらにも連絡が届いたのは先ほどなので、詳しい状況はわかりません。今から社長と共に九州に向かうので、詳しいことはその途中で連絡が入ると思うんですが』

(海藤さんが……)

二十年以上も一緒に暮らしていない両親に会いに行く。それも撃たれたという緊迫した状況の中でということを考えた真琴は、次の瞬間自分でもわからない感情に後押しされるように言っていた。

「俺も、連れて行ってください」

『真琴さん?』

倉橋が戸惑《とまど》っているのは感じるし、自分が同行したとしても何もできないだろう。それでも、海藤を一人で向かわせることはできないと思ってしまった。

「邪魔にならないようにしますから、お願いします、俺も一緒に行かせてくださいっ」

『……安全とは言いがたいですよ』

「……それでも、海藤さんの側《そば》にいたいんです」

家族がバラバラに暮らす。それは真琴の中で、まったく想像がつかないことだった。

今でこそ大学進学という物理的な事情で真琴も家族とは離れているが、それでも頻繁に電話のやり取りはするし、時々は外で会ったりと、お互いの行き来もある。

だが、海藤の口から育ての親である伯父の菱沼の名は出るものの、実の両親の話はしない。以前、海藤の異母弟である宇佐見貴継《うさみたかつぐ》が現われた時、あくまでも事実だけを伝えるように真琴に話してくれた、あの時だけだ。

親が恋しいという歳《とし》ではないとしても、離れていても生きているのと、死んでいるのとは、まったく違う。両親の現状を前に、海藤がどんな衝撃を受けるかと思うと、真琴はじっと待ってなどいられなかった。

「お願いしますっ、倉橋さんっ」

『……』

「倉橋さんっ」

『お伝えすればあなたがそう言うだろうと……わかっていたのかもしれません』

少しだけ自嘲《じちょう》する響きでそう言った倉橋は、それでもすぐに気持ちを切り替えたのかいつもの彼に戻った。

『迎えを行かせる時間は省かせてもらいます。すぐにタクシーを呼んで、今から私が言う場所に来てください』

「はいっ」

真琴はすぐにメモを取り、間違いがないかと繰り返す。

「すぐに行きますからっ」

急いで準備をしようと電話を切りかけたが、ふと倉橋に名を呼ばれたような気がして再び携帯を耳に当てた。

「倉橋さん？」

『ありがとうございます』と、深い響きを込めた言葉にどう返そうかと思う間もなく、電話は切れてしまった。


倉橋に指定された羽田空港、国内線ターミナルにタクシーで駆けつけた真琴は、捜すまでもなく、すぐに数人の男たちの姿を見つけた。中心に立っているのはもちろん海藤で、側には部下の倉橋と綾辻勇蔵《あやつじゆうぞう》、そして数人の目つきの鋭い男たちが、海藤を守るように立っていた。

時間のせいかターミナルの中にはほとんど人影はなかったとはいえ、やはりその一角だけまるで異質な空間に見えた。

「マコちゃん」

初めに真琴に気づいた綾辻に名前を呼ばれると、じっと空を見つめていた海藤がこちらに視線を向ける。

どう声をかけていいのかわからないまま側まで近づいた真琴は、彼の腕にそっと手をかけた。

「……海藤さん」

一瞬、垣間《かいま》見えた顔にはまったく表情がなかったが、真琴の姿を認めると少しだけだが唇に笑みを浮かべてくれる。

「真琴」

「ごめんなさい、我がまま言って。でも、俺も連れて行ってください」

倉橋には頼んだが、海藤本人に対して改めて頭を下げた。一緒に行きたい気持ちは強いが、もしも海藤が拒否したら――それを押してまで同行することはできない。そこまで強引なことはしたくなかった。

そんな真琴を、海藤は無言のまま抱きしめてきた。その身体《からだ》は震えてはいなかったが、驚くほど冷たく感じる。海藤にとってもこの事件が、あまりにも思いがけないことだというのがそれだけでわかった。

言葉はなかったが、海藤に真琴を拒絶する雰囲気はない。それに力を得て、真琴は改めて倉橋と綾辻に対しても頭を下げた。

「迷惑かけますが、一緒に連れて行ってください」

「あなたに連絡をする前から、こうなることは予想していました。どうか、頭を上げてください」

「そ～よ、マコちゃん、堂々とついていったらいいのよ」

「……はい」

緊急時一人増えるだけでも、それも真琴のような何も知らない者が同行するのは大変だろうし、その手配はすべて倉橋の負担になる。

申し訳なくてもう一度頭を下げる真琴に、倉橋は苦笑した。

「時間ですし、行きましょうか」

「あの、この時間も飛行機って飛んでいるんですか？」

これまで飛行機に乗ったことがない真琴は、午後十時を回った時間に今さらながら心配になるが、誰《だれ》も焦った様子は見せない。答えてくれたのは倉橋だ。

「いいえ。しかもこの人数分のチケットは取れないでしょうしね」

前方に見える国内線のゲートは既に閉じられている。

すると、先を行く倉橋たちの足は一般ゲートではなく、別の方へと向かった。後ろを歩く綾辻が、ここがＶＩＰなどがよく使う出入口だと教えてくれる。直接滑走路へと向かうことができるらしい。

「……っ」

綾辻の言葉どおり、チケットを見せることもなく外に出た途端、冷たい夜風が身体を叩《たた》いた。上着を引っかけてはきたが風呂上がりの真琴が思わずブルッと身体を震わすと、そ

の肩を抱いていた海藤がすぐに自身のコートを脱いで真琴に着せかけてくれる。

「い、いいですよっ、海藤さんだって寒いのにっ」

「俺はお前がいるから温かい」

こんな時なのに嬉《うれ》しさと恥ずかしさで顔を赤くしていると、立ち止まった倉橋が振り向いた。

「これにお乗りください」

それは、小型ではあるが立派な飛行機だ。

「こ、これ……」

「知り合いの方のプライベートジェットをお借りしました。ひとまず福岡空港に下りてから搬送先の大学病院に向かいます」

「プライベートジェット……」

驚いたように聞き返す真琴に、倉橋はこともなげに頷《うなず》いた。

「少しつてがありましたので」

「つ、つて……」

それがどんなものか考えるだけでも怖い気がする。

「ただ、どんなに急いでも日付は変わってしまいますが」

海藤のため、倉橋は今できうる限り一番早い方法で、海藤を父親の元へ連れて行ってくれようとしていることに感謝するしかない。

海藤の留守を守るために綾辻は東京に残るらしく見送ってくれたが、倉橋が一緒なだけでも真琴にとっては心強かった。

海藤の優秀な部下である倉橋ならば、すべて最善の方法を取ってくれるだろう。

真琴は隣に座っている海藤の横顔を見つめる。心なしか顔色が悪いと思うのは気のせいではないはずだ。冷静沈着で、普段もあまり感情の動きを見せない彼も、父親の非常事態に心が揺れ動いているのかもしれない。

真琴はそっと海藤の手に自分の手を重ね、少し力を入れて握り締めた。すると、すぐに海藤も手を握り返し、真琴に視線を向けて口元を緩める。

「心配かけるな」

「だって、海藤さんのお父さんですよ？　俺にとっても、大事な人です」

会ったこともない、噂《うわさ》でさえ聞かない人のことをそう言うのは間違いかもしれないが、真琴とっては大切な人の両親だ。

見て見ぬフリなどとてもできない。

「俺、邪魔かもしれないけど、どうしても海藤さんの側にいたくて……」

「真琴」

「……来ても……よかったですか？」

おずおずと尋ねると、しっかりと頷きを返してくれる。

「俺も、お前がいてくれた方が心強い」

「本当に？」

「絶対に危ない目には遭わせない。だから……側にいて欲しい……」

呟《つぶや》くような海藤の言葉に、真琴は握り締める手にさらに力を込め、何度も何度も頷いた。

多分、今回のこの九州行きには、本来真琴は来ない方がよかったはずだ。銃で撃たれるという、普通ならありえない事件があった地に、ただの大学生である真琴がついていってても足手まといになるだけなのはわかっている。

それでも、海藤は嬉しいと言ってくれ、倉橋は当然のように受け入れ、周りも文句一つ言わない。

（しっかりしないと……）

海藤を支えるために一緒に来たのだ。

何があっても周りの迷惑にだけはならないでおこうと、真琴は心の中で何度も繰り返した。

既に日付は変わり、海藤たちは病院の職員の通用門から中に入った。

薄暗い廊下を父親の側つきの部下に案内されながら、海藤はもう何年も会っていない両親のことを考えていた。

海藤が伯父である菱沼に引き取られたのはまだ小学生の頃だったが、海藤はその頃から自分の生活環境の特異性を理解していた。

ほとんど家に戻ることのない父。

その父ばかりを想い、頻繁に会いに行っていた母。

泣き喚《わめ》き、側にいて欲しいと懇願するには、海藤はあまりにも大人びた子供だった。

ほとんど育児放棄のような家庭の中で海藤は文句も言わず、菱沼の元に引き取られた後も、時折来る男女が自分の父と母なのだと淡々と思うだけだった。

菱沼に引き取られて極道の英才教育は受けたものの、同時に初めて家庭というものがどんなものであるかを知った。

カレーライスが、家で作れるものだと初めて知った。

テストで良い成績を取れれば、頭を撫《な》でられ褒められることを知った。

風邪《かぜ》をひいた時は、誰かがずっとついてくれるものだということを知った。

家の中に自分以外の人間がいる温かさを……初めて知った。

菱沼の部下として、開成会の若頭にまでなった海藤の父、海藤貴之《たかゆき》は、菱沼の引退と共に自分も一線から退いた。

今でも菱沼や、大東組の幹部の本宮《もとみや》の口からも名前が出るほど、海藤の父は極道としての能力があった男らしい。今の開成会の、暴力を伴わない資金作りを菱沼と共に推し進める一方、単独で敵対する組に乗り込む男気もあった。

それほどの男には女も寄ってくるようで、父親には母親以外に何人もの女がいた。

本妻という座に座っていた母親は、摘《つま》み食いのような女遊びは鷹揚《おうよう》に受け入れていたが、さすがに他の女に子供ができた時は騒ぎになったらしく、海藤の数ヶ月違いの弟……宇佐見貴継が生まれた時は大変だったと教えてくれたのは菱沼だった。

音信不通というわけではない。

居所は知っていたし、連絡手段もあった。

しかし、海藤は開成会を引き継いだ日から、一度も両親には会っていなかった。

会いたくないとは思わない。

だが、会いたいとも思わなかった。

西原真琴という人間を手にして、海藤は確実に変わった己を自覚している。

誰かを愛し、大切に思う人間らしい感情が自分にもあるということを初めて知った。

普通ではない自分の世界に、ごく普通に育ってきた真琴を引きずり込むことを可哀想《かわいそう》に思うが、後悔はしていない。

自分にはどうしてもこの存在が必要だった。

己が人間であると、心があると自覚できるのは、真琴という存在があってこそだからだ。

「海藤さん」

ぼんやりとしていたのだろうか、海藤は遠慮がちにスーツの裾《すそ》を引っ張る真琴をまじまじと見つめた。

「大丈夫ですか？」

「……ああ」

「でも……」

真琴としては当たり前の感覚で、今回撃たれた父親のことを心配しているのだろうと思っているはずだ。

けれど海藤は不思議なほど、そのことになんの感情も湧いてこない。

傷の心配だとか、失うことへの恐怖だとか、自分でも冷たい人間だと思うが、少しもそんなふうには思えないのだ。

「こちらです」

さすがに深夜なので人影はない。それでも、気配を消した何人かの姿は見えた。病気や事故での入院ではなく、ことがことだけに菱沼が手を回したのだろう。

（だとすれば……大東組の人間か）

鋭い視線を走らせながら、海藤の手は無意識に真琴の腕を摑《つか》んでいる。

その手の力は自覚している以上に強かったのか真琴は時折痛そうに眉《まゆ》を顰《ひそ》めたが、それでも海藤には何も言わなかった。

「どうぞ」

案内されたドアの前には名前の札は下がっていない。そこに二人の男が立っていて、海藤に向かって深く頭を下げる。

倉橋が先に立ち、スライド式のドアを開いた。

特別室なのだろうかなり広い部屋で、一般の病室のように真っ白という印象ではない。ソファセットに、小さなユニットバスまで備えられているらしい部屋の中央、窓際のベッドには二つの人影があった。

一つは、白いベッドの上で様々な器具を取りつけられて横たわっており、もう一つは薄紫の着物を着こなした綺麗《きれい》に髪を結い上げた女で、椅子《いす》に腰かけた姿でそのベッドに上半身を倒れ込ませ、まるで添い寝するように座っている。

状況を見た真琴も、どうしたらいいのかと戸惑っているようだ。ここは一度部屋を出た方がいいかと思ったが、人の気配を感じたのか、女がゆっくりと身を起こして振り向いた。

「……貴士さん？」

まだ、少女のような面影を残す女は、不思議そうに海藤を見つめている。

もう何年も会わないのに海藤のことをわかったのは、多分父親の若い頃によく似ているからだろう。

「容態は」

再会の挨拶《あいさつ》を交わすことなく、海藤は単刀直入に尋ねた。

「手術は成功したわ。幸いに内臓を傷つけないまま弾が貫通したそうだから、感染症さえ起きなければ直りは早いって言われたの」

そして女——母も、そのことに疑問を抱くことなく答える。

「……そうですか」

海藤は息をついた。ある程度覚悟はしていたものの、やはり命に別状がないと聞いて緊張していた気持ちが緩む。

「伯父貴に連絡したのはあなたですか？」

「だって……貴之さんが死んじゃうと思ったのよ」

菱沼からの一報は、まるで今にも死にそうだという感じだった。多分、この母親の言葉を鵜呑《うの》みにした結果なのだろう。

それはいつもの菱沼らしくはなかったが、さすがの彼も可愛《かわい》い妹の言葉には動揺したのかもしれないし、現役を引退した海藤の父親が狙《ねら》われるとは思わなかったショックもあったのかもしれない。

「それで、それから伯父貴に連絡は？」

「してないわ。貴之さんにずっとついていたから」

これはこれで予想がついたことで、海藤は倉橋に視線を向ける。軽く頷いた倉橋は黙って病室を出て行った。

この母親の代わりに、自分の方から関係各所への連絡をしなければならない。

（この人は、まったく変わっていないな）


（よかった……）

命には別状がないことを知った真琴は、ようやく安心して肩から力を抜いた。縁起でもないが、撃たれたと聞いた時から悪い想像しか浮かばなかったからだ。隣に立つ海藤の横顔を見ても、その顔色がずいぶん良くなっているように見える。

「海藤さん、俺ちょっと廊下に出てますね」

「真琴」

「ゆっくり話してください」

まだ挨拶もしていないが、きっと身内同士でしか話せないこともあるだろうと、真琴は引き止めようとした海藤に軽く手を振って廊下に出た。

「どちらに行かれますか？」

「あ」

病室の前には四人の男が立っていた。海藤と共に一緒に来た二人と、先ほどドアの前に立っていた二人だ。

（え……と、確か、安芸《あき》さんだっけ？）

「ちょっと、休憩室に行ってきます」

真琴はいつも海藤の護衛をしてくれている安芸へと視線を向けて言う。すると、彼は軽く頷いた。

「お供します」

「い、いいですよ、俺なんかじゃなく海藤さんの側に……」

「社長からあなたの身の安全をくれぐれも頼むと言い渡されていますので」

海藤より少し年上といった感じの、短髪でがっしりとした体軀《たいく》の安芸は、海藤の言葉を忠実に守るというように真琴の側につく。なんだか申し訳なくて、真琴は頭を下げた。

「……すみません」

考えれば、中には銃で撃たれた海藤の父親が入院しているのだ。

真琴にとって病院は怪我や病気を治してくれるところで危険などとは正反対の位置にあ

ると思っていたが、海藤たちにしてみればたとえ病院内でも完全に安心だとは思っていないのかもしれない。

その証拠のように改めて注意すると、ドアの前の二人以外にも廊下にさりげなく何人もの護衛がいるのに気づき、真琴は安易に考えていた自分を反省した。

「真琴さん？」

同じ階の休憩室の前を通りがかると、ちょうどエレベーターから出てきた倉橋と会った。彼は真琴の後ろにいる安芸に視線を向け、その後真琴に向かって尋ねてくる。

「どちらに？」

「えっと、お茶でも飲もうと……」

特に何をしようとは考えていなかったが、視界の中に自動販売機が入ったので何気なく答えた。

「ご一緒してもいいですか？」

「あ、はい」

倉橋に促され、真琴はソファに腰かける。

「何を飲まれます？」

「熱いお茶を、あの、俺が」

「ここは年長者の私にご馳走《ちそう》させてください。……お茶ですけどね」

自動販売機で買ったペットボトルのお茶を差し出しながら、倉橋は小さく笑みを浮かべた。

（……まただ）

最近、真琴は倉橋の表情がなんとなくわかるようになってきた。それは付き合いが長くなってきたという物理的な要因もあるかもしれないが、それ以外……倉橋の表情があきらかに豊かになってきたということもあるはずだ。

まるでビスクドールのように無機質に整った容貌《ようぼう》の倉橋が、最近ふとした時に表情が顕著に変化する。それに気づくほど、彼と親しくなれたことが嬉しい。

二人並んでペットボトルを手にしたまま、真琴はふと思っていたことを口にした。

「海藤さんのお母さんって若いですよね？　菱沼さんの奥さんの、涼子さんもびっくりするほど若いなあって思いましたけど」

ただし、涼子は外見の若さとは関係なく、一本芯《しん》の通ったしっかりとした大人だという印象がある。しかし、先ほど見た海藤の母親は、どこか浮世離れした……まだ少女のような雰囲気を持っていると感じたのだ。

「確かに、あの方は世俗とはかけ離れていますね。悪い方ではないと思いますが、今回のように社長を振り回されるのは感心しません」

「倉橋さん」

自分の主《あるじ》の母親に対して言うにはかなり辛辣《しんらつ》な物言いだ。

「倉橋さんは……あの……」

「はっきりおっしゃっても構いませんよ。真琴さんが想像されているように、私は社長の母上をあまり良くは思っていません」

「ど、どうしてですか？」

「そうですね……一言で言えば、あの人は社長の澱《おり》のような存在だからです」

「お……り？」

耳慣れない言葉に戸惑うと、倉橋はまるで独り言のように呟く。

「生きているのに存在しない……それでも消えるわけでもなく、静かに心の中に積もっている存在です。社長にとってあの方は、消したくても消せない存在ですから」

（どういう意味なんだろう……）

真琴が海藤と過ごしてきた日々よりも、はるかに長い間、海藤の側にいて支えてきた倉橋。そんな倉橋が見る海藤の母親という存在は、かなり『負』であるとしか聞こえない。

その意味は、今の真琴にはわからなかった。

「倉橋さん」

「戻りましょうか？　社長はきっとあなたを待たれていますよ」

「は、はい」

それまでの会話をすっぱりと打ちきられ、真琴は促されて立ち上がった。

倉橋の言葉は気になるが、病室に近づくごとに意識は海藤へと向かう。

そして、再度病室に入った真琴は、そこで初めて海藤の母親に挨拶をした。

「は、初めまして、西原真琴といいますっ」

「……こんにちは、海藤貴之の妻の淑恵《としえ》です」

その言葉に、真琴は困惑した。海藤と一緒に来た自分に対し、《海藤の母》ではなく、《海藤の父の妻》として挨拶をする淑恵に違和感があったのだ。

「出直します」

しかし、海藤はそれには何も言わず、そのまま淡々と告げる。

「か、海藤さん」

「命に別状はないことはわかった。このままここにいても邪魔になるだけだろう」

そう言われてしまっては、真琴に反論する術《すべ》はなかった。

「近くにホテルを取っています。二、三日はいると思いますので」

「じゃあ、貴之さんには会うの？」

「……時間があれば」

「わかったわ」

淑恵は海藤を引き止めることも、ホテルの名前を聞くこともしない。

驚くほど呆気《あっけ》なく病室を出る海藤に、真琴はどうしても後ろが気になって振り向きながら聞いた。

「海藤さん、お母さんについていなくていいんですか？　やっぱりあんなことがあったら一人じゃ不安だろうし……」

「ここは完全看護だろ」

そういうことではないのだ。家族としてと訴えようとしたが、海藤は淡々と告げる。

「俺がいない方があの人にとってはいい。二人きりになれるだろう」

不満も悲しみもまったく見せず、ごく当たり前にそう言う海藤を見て、真琴は思わずその腕に縋《すが》るように抱きついた。

「真琴？」

──冷たい。体温とかではなく、海藤のまとう空気が、とても冷たく哀しいと感じる。本人がそうとは気づいていないだけに、それはもしかしてとても根の深いものなのかもしれなかった。

言葉で言うと全部が安っぽく感じるので、真琴はただ自分の体温を分け与えるようにして抱きつくことしかできない。

海藤はそんな真琴の感情に気づいているのかどうか、わずかに唇の端を持ち上げて笑った。

「少し離れていますが」

倉橋が用意したのは病院近くのホテルだった。

緊急事態で手配する時間もなかったはずだが、有能な男に不可能という文字はないらしい。

そして、時間外の突然の客を丁寧に迎えたのは支配人だ。

「お疲れでしょう。ちょうど和室が空いておりましたので」

案内されたのは、高級旅館にも負けない立派な和室で、既に二人分の床も敷いてある。

そして、軽食のサンドイッチとコーヒーも用意されていた。

「こ、こんな広いところに、二人だけですか？」

真琴は落ち着かない様子だったが、海藤は軽くその髪を撫でながら言った。

「俺は倉橋と少し話がある。先に寝ていていい」

「でも……」

「明日も一緒に病院に行ってくれるんだろう？」

「は、はい」

真琴一人を部屋に残すのは躊躇《ためら》われたが、だからといって耳に届くところで物騒な話はできない。

部屋の外に見張りを置き、海藤が向かったのは隣の部屋だ。

「首謀者は」

部屋に入るなり、海藤はすぐに切り出す。

「申し訳ありません。バックにどこがついているのか、未《いま》だ探っている状態です」

答えたのは、父親につけていた護衛の一人だ。菱沼も護衛をつけていたが、海藤も己の意をくむ者を送り込んでいた。

男は、真っ青な顔色のまま海藤の前で直立している。己の責任を痛感しているのだろうが、今は処罰を科すよりも情報を把握する方が先だった。

「警察は？」

「狙撃されたのがちょうど御前所有の宿だったらしく、すべて口止めはすんでいます。ただ……」

「なんだ？」

一瞬口ごもった後、男は意外な人物を告げた。

「あちらには連絡が行ったそうです。彼もどうやら誰かをつけていたらしくて……」

その言葉が誰を指しているのか、言いにくそうな言葉の響きで海藤にはすぐに予想がついた。

そして、その男の普段の言動を思い浮かべ、皮肉気に口元を歪《ゆが》める。

「自分を捨てた男でも、父親というのは特別なものなのか」

「社長……」

海藤は座ることもせず、じっと腕を組んで目を閉じていた。

確かに今、海藤は大東組系列の中でも突出した存在だという自覚はある。三十代前半の若さでありながら組に納める上納金もトップだし、その勢いは留《とど》まることを知らない。海藤自身そんな己の地位に溺《おぼ》れることなく、他の組長たちにも礼を尽くしているつもりだが、面白く思っていない人間は両手に余るほどいるだろう。

しかし、主に関東に勢力がある海藤を敵視する人物が、わざわざ九州まで来て、それも既に引退している疎遠な父親を狙うだろうか？　個人的に恨みを買っているということも考えられなくはないが、そこまでするならなぜ絶命させるまでにいかなかったのか。

まるで、いつでも殺すことはできるという脅しにしか思えない今回の出来事に、海藤はかえって緊張感を高めた。

「伯父貴は？」

「御前も今のところ心当たりはないとおっしゃっています」

「倉橋」

「綾辻の方からもまだ連絡は上がってきていません」

父親が狙撃されてから、まだ数時間しか経っていない。それで首謀者まで突き詰めろというのは無理な話かもしれないが、海藤も長時間東京を離れていることはできなかった。自分がここに滞在している間に問題が解決できればいいが、そうでなくても大方の目星はつけたい。

倉橋たちと打ち合わせを続けた海藤が部屋に戻ったのは、一時間ほど後のことだった。

「……真琴？」

寝ているとばかり思っていた真琴は居間にいた。備えつけの浴衣に着替えてはいたが、大きな木の座卓にうつ伏せた格好のまま眠っている。

どうやら自分が帰ってくるのを待っている間に眠ったのだと察した海藤は、今まで緊張していた身体からゆっくりと力が抜けるような感覚がした。

（連れてきて……よかったか……）

敵対する相手がわからないという不安な地に、真琴を連れてくるのには躊躇いがあった。それでも最終的に一緒に来ることを了承したのは、きっと真琴が己の心の安寧になると確信していたからだ。

現に、両親と会って知らずささくれていた感情が綺麗に消えている。

そっと身体を持ち上げても、真琴は疲れているのだろうかいっこうに目を覚まそうとはしない。海藤はそのままその身体を布団に寝かせると、自分は上着とネクタイを取っただけの姿でその横に身体を横たえた。

真琴が席を外した時、母親は不思議そうに言った。

「あの子は誰？　組の若い子って感じではないみたいだけど」

「彼は、俺の連れです」

「連れ？」

「籍はまだ入れてないが、俺の伴侶《はんりょ》だと思ってください」

「伴侶って……だって、男の子でしょう？」

「あなたに何か問題がありますか？」

「……そうね、何もないわ」

目の前の母親にとって、父親以外のことはどれも重要な問題ではないということを、海藤は昔からよく知っていた。それは、自らが産んだ子供も同じだ。

期待してはいないし、するつもりもない。以前はそんな自分に疑問を感じることもなかったが——海藤は隣にいる真琴を見つめる。

規則正しく上下している胸。

小さな吐息。

確かに生きて存在している……海藤はその温《ぬく》もりを腕に抱いてようやく息がつけたよう

な気がした。

翌日、真琴は面会時間になったらすぐにでも病院を訪ねるのだろうと思っていたが、予想に反して海藤はなかなか動こうとしなかった。

(疲れてるのかな……)

昨夜《ゆうべ》……といっても日付は変わっていたが、海藤が戻ってくるまでは起きていようと頑張っていたつもりだったがいつの間にか眠ってしまい、今朝《けさ》起きた時には彼は既にルームサービスのコーヒーを飲んでいた。

自分がせっついて動かすというのもおかしい気がするものの落ち着かず、真琴はもう何杯目になるかもわからない茶を口にする。

「真琴」

「あ、はいっ」

ようやく海藤が声をかけてくれたことに急《せ》いて返事をすると、眼鏡《めがね》の向こうの目元は優しく撓《たわ》んだ。

「腹が減っているなら何か頼むか?」

何杯も茶を飲んでいる理由がそんなことではないと気づいているはずなのにと恨みがましく思うが、その顔色は昨日よりも格段に良くなっていて、それだけでも安心して軽口が飛び出した。

「もうすぐお昼だし、我慢できますよ？」

「そうか？」

海藤が笑うのと、インターホンが鳴ったのはほぼ同時だった。

「座っていろ」

反射的に立ち上がろうとした真琴を制し、海藤が自ら入り口へと向かっていく。間もなく同行してきたのは倉橋だった。

「おはようございます」

「おはようございます、倉橋さん」

「お休みになれましたか？」

「俺の方は。でも、海藤さんは……」

きっと眠ってはいないはずだと海藤を見上げたが、海藤は目が合う真琴の髪を優しく撫でてくれるだけだ。

しかし、次の倉橋の言葉に海藤の手が止まった。

「気がつかれたようです」

「……そうか」

「あっ、お父さん、目が覚めたんですかっ？」

昨日はすぐに病室を出てしまったので容体もわからない状況だったが、目が覚めたということはもう安心してもいいのかもしれない。知らず弾《はず》んだ口調になった真琴に、倉橋も静かに頷いてくれた。

「はい、そう連絡が入りました」

「海藤さんっ、行こうっ」

命に別状はないとわかっていても、目を見て言葉を交わした方が安心するはずだ。途端に急き立てる真琴に、海藤は無言で頷いた。

昨夜と同じように職員用出入口から入って病室に向かおうとした時、真琴は思わぬ人物を見て足を止めた。

「あ」

その人物は、昨日とは違い明るい照明が降り注ぐ廊下とは不似合の厳《いか》つい男たちと対峙《たいじ》するように立っている。

「宇佐見さん……？」

小さな真琴の声にこちらを向いたのはやはり、海藤の異母弟で、現在は警視庁組織犯罪対策部第三課、警視正という立場の宇佐見貴継だった。

相変わらずきつい眼差《まなざ》しを海藤に向けた宇佐見だったが、その視線が海藤の隣にいる真琴に向くと、幾分和らいだ視線になる。

（……あ、お父さんのために？）

いつ知ったのかはわからないが、この時間にここにいるということは、早い便でやってきたに違いない。複雑な生い立ちであっても、実の父親の怪我のことを心配したんだと心の中がじんわりと温かくなるが、海藤はまるで真琴の姿を隠すようにすっと前に出た。

「……」

「……」

お互い何も言わない海藤と宇佐見だが、倉橋をはじめ周りも声をかけない。このまま睨《にら》み合っていても時間が過ぎるだけだと、真琴は海藤の背中から顔を覗《のぞ》かせて宇佐見に話しかけた。

「宇佐見さんも、お見舞いに来たんですよね？」

「……出張のついでだ」

「でも、心配で来たんですよね？」

確信して言えば、宇佐見は口を真一文字にして黙り込む。

「もう、会いましたか？」

「……いや、中にはあの女がいるしな」

あの女というのが誰だろうと一瞬考えたが、海藤の方は何かを悟ったのか真琴の肩を抱いたまま宇佐見の横をすり抜け、病室のドアを軽く叩いた。

しばらくして、中からドアが開くと海藤の母、淑恵が顔を見せる。

「貴之さん、気がついたのよ」

海藤を見るなり嬉しそうに笑いながら言った淑恵だったが、海藤の背中越しに宇佐見の姿を見た瞬間、顔を無表情にしたのが真琴にもわかった。

「……あなたもいらしたの？」

硬いというよりは冷たいその口調に、昨日から淑恵に抱いていたイメージにひびが入る。

だが、真琴はふと気づいた。宇佐見が海藤の異母弟ということは、淑恵にとって宇佐見は愛人が産んだ子供ということだ。そこに複雑な感情があってもおかしくはない。

いや、むしろ会いたくないと思っていてもしかたがない。

能天気だった自分の言動を、真琴は改めて後悔する。

「お会いになる？」

少しも感情がこもらない声で淑恵が言うと、宇佐見はわずかに眉を顰めた後、なぜか真琴の顔を見てからはっきりと言った。

「会わせていただきます」

「どうぞ」

宇佐見が中に入っても、海藤はなかなか動かなかった。

「海藤さん」

「……行こう」

宇佐見と会って戸惑いが生まれたのかもしれないと心配になったが、やがて海藤は真琴の肩を抱いて中へと入る。

病室の中は、未明に来た時と少しも変わらなかった。

白い壁に豪奢《ごうしゃ》な装備。

あの時はベッドの上にはたくさんのチューブをつけられた海藤の父が眠っていたが、つい数時間前まで酸素マスクをつけられていたはずのベッドの主は、真琴が怯《ひる》むほど強い眼差しでじっとこちらの方を向いていた。

「貴士」

確か、海藤は三十半ばの時の子供だと聞いた気がする。すると、その父親である貴之は歳からいえばもうすぐ七十になろうというくらいだろうが、その鋭い眼光に衰えはなく、声にも張りがあって、とてもそんな歳には見えない容姿だった。

「向こうは？」

「綾辻に任せてあります」

「綾辻……あいつか。それなら心配はないな」

久しぶりの挨拶を交わすことなく、親子は淡々と会話を続ける。

綾辻のことを知っているのか、貴之はそう呟いた後、今度は海藤の隣に立っている真琴に視線を向けてきた。

(似てる……)

白いものが目立つ髪だがそれは綺麗に整えられていて、上品なロマンスグレーといった雰囲気だ。その面影から若い頃の美貌《びぼう》が偲《しの》ばれ、さぞモテたのだろうということは想像できる。

そして、その面影は海藤によく似ていた。

海藤もこんな歳の取り方をするのだろうかと思うと、真琴はしばらく言葉もないまま視線を逸《そ》らすことができなかった。

「そちらは?」

そんな真琴をじっと見たまま貴之が尋ねる。誤魔化《ごまか》すことなどできない雰囲気だ。

自分の立場をどう説明しようか迷っていた真琴が答える前に、海藤があっさりと答えた。

「西原真琴。私の連れです」

「か、海藤さん」

それがどういう意味なのか、貴之はすぐにわかったらしい。鋭い視線をますますきつくし、海藤を見据えて詰問口調で言う。

「御前は」

「紹介しました。許しもいただいています」

「……そうか。それなら私が言うことはない」

本当にそれだけですんでしまったのか、貴之の視線は真琴と海藤から外れてしまった。あまりにも呆気なく、寂しい気がして、真琴は思わず口を開いた。

「あ、あのっ、お父さんっ」

さすがに貴之の目がこちらに向けられたので、真琴は緊張しながらも深々と頭を下げて挨拶をする。

「に、西原真琴です。海藤さんと、あの、一緒に暮らしています。怪我をされたって聞いて、海藤さん心配して……」

「真琴」

「昨夜、東京を発《た》ってここまで来ました」

手術が終わったばかりで身体が本調子ではないのはわかるが、真琴はもっと別の言葉を期待していた。来たのはこちらの勝手かもしれないが、あれほど、顔色をなくすほど心配した海藤に対して、もっと親子らしい、もう少しだけ優しい言葉が欲しかった。

しかし、感情を高ぶらせたのは真琴だけだったらしい。何も答えず、ただこちらを見るだけの貴之に泣きそうに顔が歪んだ真琴は、そっと肩に手を置かれて顔を上げた。

開いた。


「海藤さん……」

なぜか、海藤は口元に笑みを浮かべていた。

「お疲れでしょうが……」

そして、ごく自然に後ろに立っている宇佐見を振り返る。

「もう一人、あなたを心配した人間が来ていますよ」

海藤の言葉に貴之の視線が動き、宇佐見の顔を見た瞬間、わずかに驚いたように目を見開いた。

「……どこで知った？」

海藤に対するのと同じように素直に来てくれた礼を言わずに詰問をするが、そこにはなぜか嫌悪の色があった。

「……あなたにつけていた部下から連絡が入りました」

「私はマークされているのか？」

「いえ、それはありません。あなたが組織から既に引退しているのは周知のことです。ただ、俺は……」

二人の会話には、海藤の時以上に親子の色はまるでない。そればかりか、まるで敵対しているような雰囲気に、真琴はようやく貴之が宇佐見を警察側の人間としか見ていないのだとわかった。

（そんな……）

それでは、宇佐見があまりにも可哀想だ。ここまで駆けつけ、こんなに心配していると

いうのに、拒絶する以上の負の感情を向けるなんて、絶対におかしい。

だが、自分が親子の関係に口を挟めるわけもなく、貴之と宇佐見の視線の間に割って入

ったのは淑恵だった。

「ごめんなさい、貴之さん疲れているだろうから」

「……いえ」

「お見舞いのお礼は後日改めて」

「いえ、お気遣いなく」

淑恵は宇佐見に対して固く強い態度を崩さなかった。宇佐見の存在自体が、夫の明らか

な不実を思い知らされる現実なのだろう。

「あの、多分、まだ落ち着かれてないと思いますよ？」

宇佐見が出るのと一緒に病室を出た真琴と海藤は、そのままエレベーターホールまで歩

く形になってしまった。

追い出されたといってもいい形の宇佐見をどう慰めていいのかわからず、それでも無言のままなのは耐えられなくて、真琴は小さな声で言ってみた。しかし、その言葉がまったくなんの根拠もないというのもわかっている。

（もっと、なんか、こう……）

考えがまとまらず、落ち着きなく視線を泳がす真琴に、宇佐見は平静な声音で言った。

「予想できたことだ。なんとも思っていない」

「でも……」

「それより、君がここまで来ていることの方が意外だった」

「え？」

「撃った相手が誰かもわからないような不穏な地に、自分の大切な人間を連れてくるなんてな」

その言葉は真琴ではなく、明らかに海藤に向けられたものだ。それは誤解だと、真琴は慌てて言った。

「俺が海藤さんに無理言ってついて来ちゃったんですっ。海藤さんは、本当はそんなつもりじゃなくて……っ」

「……いや、確かにそいつの言うとおりだ」

「海藤さんっ」

仲の良い兄弟ではないだろう。いや、もともとお互い兄弟とは思っていないのかもしれない。それでもこんな言い合いをさせたいわけもなく、真琴は慌てて海藤の服の裾を引っ張った。

するとと海藤は、強引ともいえる仕草で真琴の肩を抱き寄せる。

「か、海藤さん？」

こんな状況でと、さすがに真琴は離れようともがくが、海藤の手から力は抜けなかった。

「そろそろ次のステップも待っているようだが、迷っているのはどういったわけだ？」

不思議な言葉に、困惑する真琴とは対照的に、宇佐見は苦々しい顔をして言い捨てる。

「……私的なことだ」

「政治家の娘との縁談など、願ってもなかなかないことなんじゃないか」

「宇佐見さん、結婚するんですか？」

意外な事実に思わず聞き返してしまったが、どうやらそれは宇佐見にとってはあまり面白くない話らしい。口を引き結んで何も言わない。

だが、その表情に真琴はああと納得してしまった。

（お父さんと、似てる）

海藤と貴之のあまりの相似点に目を奪われがちだが……。

切れ長の目も。

通った鼻筋も。

少し薄めの唇も。

まとった空気さえ、ヤクザ家業と警察関係という違いはあれ、凍えた雰囲気は宇佐見も貴之とよく似ている。それは同時に、海藤と宇佐見の共通点だ。

(仲良くはなれないのかな)

そう思うこと自体、能天気なのかもと自己嫌悪しそうになった時、

「まーこちゃん!」

「あわっ?」

突然後ろから抱きつかれ、真琴は焦って後ろを振り向いた。

「あ、綾辻さん?」

自分のことをそう可愛らしく呼ぶ人間の心当たりは一人しかいないが、その人物がここにいることが信じられない。

いつの間にか肩を抱いていた海藤の手は離れていて、綾辻はおんぶお化けのようにべったりと背後から真琴に抱きつきながら上機嫌に言った。

「あたり~。ご褒美にもっとハグしちゃう♪」

海藤の面前でそんな暴挙ができるのは綾辻ぐらいだ。真琴には慣れたものだが、つっと目の前を横切った細い指先が、力任せに綾辻のスーツの襟元を引っ張る。

「何をやっているんですか。子供のようなことはやめなさい」

「あ～ん、克己ったらひど～い」

そう言いながらも綾辻の顔は楽しそうで、真琴は目を丸くしたままその様子を見つめた。

それまで、倉橋も同行していたことをすっかり忘れていたからだ。己の気配をまったく消していた倉橋に尊敬の眼差しを向けたが、すぐに綾辻がここにいる謎《なぞ》を口にしてみる。

「綾辻さん、留守番だったんじゃないんですか？」

「だから、社長に報告したらトンボ帰りよ、つまんな～い」

「海藤さんに？」

真琴が視線を向けると、海藤はわずかに頷いて言う。

「昼は一緒に食えるぞ」

「あ」

綾辻の突然の登場に意識を奪われていたが、真琴はふと横顔に視線を感じて振り向いた。

そこにはまだ宇佐見が立っている。

（一緒にご飯……は無理だよね）

海藤と宇佐見の確執の深さをよくは知らない真琴も、綾辻が持ってきただろう情報を警察関係の宇佐見に知らせるわけにはいかないということはさすがにわかる。

「え……と、宇佐見さん」

「時間があるならお前もどうだ」

「え？」

それが、海藤が言ったということに驚いたが、それ以上に言われた宇佐見の方が戸惑っていた。

「……俺が聞いてもいいのか？」

真琴の懸念は当然、宇佐見もわかっているらしくそう言うが。

「お前は警察側の人間だ。証拠もなしに動くことはないだろうし、自分を捨てた父親のために敵を取るなんてバカなことはしないだろう」

尋ねる口調でも、それが当然と思っているのがよくわかる。

それでも、今までのことを考えれば宇佐見が頷くとはとても思えなかったが、彼は海藤をじっと見た後、頷いた。

「……そのとおりだな。そちらがよければ一緒に」

「真琴、何が食べたい？」

「え？　えと、突然言われても……」

話の流れについていけなくて混乱している真琴とは違い、その場にいる者はもうすっかり意識を切り替えているらしい。

「は～い、私、モツ鍋食べた～い！」

当然というか、一番に声を上げたのは綾辻だ。それに突っ込むのもまた、決まった人物だった。

「誰もあなたのリクエストは聞いていませんよ」

「だって、マコちゃんが決められないなら私が決めるしかないじゃない？ モツは身体にいいわよ、克己。あんた疲れ気味なんだから栄養取りなさい。コラーゲンもばっちりで、お肌ツルツルよ〜」

見せつけるように大きな息をついた倉橋が、携帯電話を取り出してどこかに電話をかけている。多分、この顔ぶれのことを考えた店選びをしてくれているのだろう。

そして、さほど時間をおくことなく、電話を切った倉橋が言った。

「場所を取りました。今から移動しますが……」

そこで言葉を切った倉橋が宇佐見に視線を向ける。さすがに一緒に行動するのは不味《まず》いだろうと真琴も思ったが、彼もすぐに頷いてみせた。

「場所を聞けばタクシーで向かう」

「社長」

「教えてやれ」

倉橋が選んだのは、病院から車で三十分ほど走った先にある小料理屋だった。

一見して古い、小さな店だ。暖簾《のれん》も出ていないその店のドアを開けると、既に倉橋の手配は万端のようで、店内に他に客の姿はない。倉橋はカウンターの向こうにいる初老の男に丁寧に頭を下げた。

「無理を言って申し訳ありません」

「いや……わしも菱沼さんには世話になった」

どうやら菱沼関係の店だということがわかった海藤も、軽く会釈をして奥の座敷に入った。そこは八畳ほどの和室で、男五人が座るには問題のない広さだ。

「メニューはお任せにしてありますので」

そう言うが早いか、先ほど一行を出迎えた男が自ら料理を運んでくる。

綾辻リクエストのモツ鍋に、刺身、煮物など、素朴ながらも一目で素材の新鮮さがわかるものばかりだった。

その途中で、宇佐見も合流する。

「ごゆっくり」

支度を終えると、男はすぐに部屋から出て行った。

「では、食べながら話を進めますが？」

「ああ、頼む」

無駄なことが嫌いな海藤は、そう言って皆に食事を勧め、自らも箸《はし》を持つ。それに合わせるように食事が始まったが、間もなく綾辻が唐突に話を切り出した。

「『一条会《いちじょうかい》』の高橋《たかはし》、覚えていますか？」

その名前に、海藤だけでなく宇佐見も顔を上げた。海藤はそのまま宇佐見に視線を向ける。

「生きているのか」

「……現行法じゃ死刑までくわせられない」

「お役所仕事だな、警察は」

「そいつがホシか」

それは海藤ではなく、宇佐見から漏れた質問だった。

綾辻は海藤に視線を走らせ、その首が縦に振られたことを確認してから続けた。

「郷洲組《ごうしゅうぐみ》という、九州では両手の指に入るかどうかくらいの組なんですが、そこの組長が高橋の腹違いの兄弟のようです。もっとも、仲が良いというわけではないらしく、上に這《は》い上がろうとして潰《つぶ》れた高橋の面目を取り戻そうとしてるわけでもないようですが……多分、売名じゃないでしょうか」

海藤は眉を顰める。

数ヶ月前の、忌々しい出来事がまざまざと思い浮かんだからだ。実質的な被害こそなかったが、確かあの事件がきっかけで、今目の前にいる宇佐見と必要以上の縁ができてしまった。

「東京での協力者は？」

「大物はいないようです。今勢いのあるうちに牙《きば》を剝《む》いて、名を上げたいってとこでしょう」

「……そんなことで、海藤さんのお父さん……撃たれちゃったんですか？」

その時、真琴が呆然《ぼうぜん》とした口調で言葉を挟んだ。

真琴にとっても、あれは海藤と付き合う上での初めての大きな事件だった。

事件後、元はレーサーだった弘中《ひろなか》はヤクザの運転手になり、妹で高橋の愛人だったアンナは関東から追放された。二人に同情的だった真琴も、あの事件の首謀者である高橋の名を忘れてはいなかったらしい。

そして、今度はその男が貴之を狙ったという事実を目の当たりにして、海藤以上の怒りと悲しみを感じてくれているのだ。

「……酷《ひど》い……」

呟く真琴の髪をそっと撫でながら、海藤は宇佐見に視線を向けた。

「お前はどうする？」

「……」

「俺の方で始末をつけてもいいのか」

「か、海藤さん？」

際どい言葉に真琴は焦っているが、ここにきて海藤は宇佐見に誤魔化すつもりはなかった。宇佐見が警察の人間であるかないかなど関係ない。同じ海藤貴之の血を受けた者として聞いたのだ。

その海藤の言葉を受けた宇佐見は、少し考えるように目を眇《すが》めた後ゆっくりと口を開く。

「証拠は」

「一条会の残党と郷洲との盗聴テープ」

こんな短期間でどうしてそこまでの証拠を集められたのか……見かけとはまるで違う綾辻の優秀さに、さすがの宇佐見も一瞬言葉を失ったようだ。

「……非合法か」

「私たちの世界はどれが合法でどれが非合法か境目が曖昧《あいまい》なの。今回のことをどう捉《とら》えるかはそちら次第ね」

いつもの茶化した言葉遣いで宇佐見を一蹴《いっしゅう》した綾辻は、にっこりと笑いかけている。

その綺麗な、しかし摑みどころのない綾辻の笑み。海藤でさえ、綾辻の情報網をすべて把握はできないし、時折、御するのも苦労する。味方でよかったと、つくづく思わせる男の一人だ。

「……わかった」

心中でどう解決したのか、宇佐見はただそう言った。海藤もそれ以上追及するつもりはなく、流れはそのまま止まってしまった昼食へと戻る。

「真琴、他にも食べたいものがあったらどんどん言え」

「う、うん」

多分、心境的には食事どころではないだろうが、真琴はせっかくだからとふっくらした卵焼きを口にした。

「……おいし」

「そうか？」

「お出汁《だし》が効いてて、ほんのり甘くて……」

言葉以上に雄弁に、箸は一度も止まらずあっという間に完食する。

それを見て、海藤は空になった皿とまだ手をつけていない己の皿を交換した。

「い、いいですよ？　海藤さんも食べてください」

「いいから。お前の方が美味《うま》く食えるだろう」

「……ありがとう」

変な言い方になってしまったが、よほど口に合ったようで、真琴は素直に海藤の与えた分も食べてしまった。

幸せそうなその顔を見ると、ついさっきまでの物騒な話など頭の中から消えていくような感じさえする。これが貴之の見舞いなどではなくただの旅行だったら、どんなに楽しかっただろうか。

「俺のも食べろ」

「あ」

その時、目の前で宇佐見が自分の分の卵焼きを真琴の前に移動した。

「宇佐見さん、あ、あの」

さすがに海藤の時のようにすぐには受け入れられなかったらしく、真琴は慌ててその顔を見ている。

「甘いと言っただろう？」

「え？」

「俺は甘いものは嫌いなんだ。残すと店に悪いし、君が食べてくれたら助かる」

「あ、ありがとうございます」

自然で無理のない理由に、真琴は三切れ目の卵焼きを口にし始める。

海藤は無言のまま宇佐見に視線を向けた。その宇佐見の視線は、誤魔化すことなく真琴へと向けられていて、そのまっすぐな眼差しに海藤の感情がざわめいた。

最初、宇佐見が真琴の存在を知った時、宇佐見は同性である海藤の愛人になっている真琴を軽蔑《けいべつ》していたはずだった。

それが実際に会い、言葉を交わして、その心境にどう変化があったのか。

宇佐見のことは昔からある程度、定期的に所在や身辺を調べて報告させてきたが、真琴と関《かか》わるようになってからはさらに詳しい報告がされるようになってきた。

それによれば最近、宇佐見に強引にねじ込まれた見合い話があり、それは元大臣経験者の政治家の孫娘ということだった。これから先の出世のためにも、家のためにも、願ってもない縁談だろう。

とても断れる状態にないその話を、宇佐見本人は未だ保留としているらしい。その理由を海藤は考えた。

「……」

不愉快な感情が海藤の胸の中に湧き上がる。

真琴の愛情を疑うつもりはない。ただ、優しい真琴が、宇佐見の心境に引きずられないかと懸念した。

同じ人間を好きになるのは、同じ血が身体に流れているせいなのか……、海藤は因縁の

ようなものを感じて微《かす》かに唇を歪める。

宇佐見に視線を向けると宇佐見も海藤を見ており、視線が鋭く絡み合った。

（……渡すつもりはない）

やっと見つけて手に入れた。海藤はこの最愛の相手をどんなことがあっても手放すつもりはない。

たとえそれが、宇佐見のバックにある警察組織というものを相手にしても、だ。


食事を終え、綾辻と宇佐見と別れた真琴たちは再び病院に戻った。

付き添っている淑恵はちょうど医師に呼ばれて不在だと見張りの人間に聞いたが、海藤は黙ったまま軽くノックをしてドアを開けた。

視線だけこちらに向けた貴之は、ぞろぞろと中に入ってきた真琴たちを見ても何も言わない。

「あなたに話があるそうなので」

海藤に促され、真琴は枕元《まくら》に近づいた。

「あの、さっきはいきなり現われたくせに変なことを言って……すみませんでした」

本当は思ったことの何分の一も言うことができなかった。

実際に苦労してきたのは海藤で、その大変さも知らない自分が生意気にそれを代弁して言うこともできない。ただ、海藤が無意識に感じている寂しさを、少しでも目の前の男にわかって欲しいと思ったのだ。

だから、海藤にもう一度貴之と話してみたいと訴えた。

「理解、してもらえないかもしれないけど、俺は、海藤さんとずっと一緒にいるつもりです……えと、います」

海藤が真琴を大切にしてくれているように、真琴も海藤を大切にしたい。その上で、海藤の家族のことも、ちゃんと好きになりたい。そう思うことが子供っぽい感情からでも、今のままの他人のような関係は、海藤にとって、いや、海藤だけではない、宇佐見にとってもとても悲しい。

「これからの海藤さんには俺がいて、役には立たないだろうけど、少しでも一緒にいて楽しいって思われるように、頑張るつもりです」

「……」

返事が返ってこない相手に、ずっと話しかけるのはとても勇気がいる。それでも、真琴は言葉を続けた。

「でも、俺は今と、そしてこれからの海藤さんとしかいられなくて、昔の……過去の海藤さんの側には行けなくて」

「……当たり前だ」

不意に、貴之が口を開いた。

その言葉の内容よりも、応《こた》えてくれたという事実に真琴は気持ちを振り起こして告げる。

「だから、だから、お父さん、ここまで来た海藤さんに、何か言ってください。本当に……すごく、心配してたんです」

言葉にできない気持ちというものがあることはわかる。実際、真琴だって、自分の気持ちをちゃんと表現できているかどうかあやういと思う。それでも、空港で見た、まるで能面のような無表情になっていた海藤の気持ちや、病室の前で佇《たたず》んでいた宇佐見の気持ちを考えると、どうしても何か、肉親の温かい言葉をかけて欲しかった。

「お父さん」

「……来ることはなかった」

だが、貴之にはその気落ちは伝わらない。

「親の死に目に会えないのはこの世界の常識だ」

「……なんでっ」

(どうしてそんなことを言うんだよっ)

あまりにも他人行儀な言葉に反論しようとしたが、その肩を海藤に押さえられる。

「真琴」

「海藤さんっ」

「出るぞ」

悔しくてたまらない。

口先だけでも労《いた》わる言葉を言ってくれない貴之に対して、真琴は思わず叫んでしまった。

「ガンコ親父《おやじ》!!」

そして、高まる感情を抑えきれず、海藤を振りきってそのまま病室を飛び出した。

病院内で走ってはいけないことはわかっているが、真琴の足はすぐには止まらなかった。

しかし、走るうちに気持ちは怒りから不安へと移行していく。

(俺っ、病人になんてこと言ったんだ……っ)

未明に手術が終わったばかりの病人、しかも、真琴にとって大切な恋人である海藤の父親に向かって、《ガンコ親父》と叫んでしまったのだ。腹がたってしまったとはいえ、言うべきではなかった。

自己嫌悪を抱いたまま、開いたばかりのエレベーターに飛び込もうとした真琴は、

「！」

「あら」

そこに淑恵の姿を見て、ようやく足が止まった。

「来てくださっていたの？」

病室でのやり取りを知らない淑恵に対し、どんな顔をしていいのかわからないまま、真琴はしどろもどろに答える。

「あ、はい、たびたびすみません。あの、今病室には海藤さ、た、貴士さんがいます」

中にいる二人とも海藤だと気づき、慌てて名前を言い換える。それでも、淑恵はまるで気にした様子はない。

「そう」

エレベーターのドアは閉まってしまい、二人きりになった真琴はこの時間をどうしたらいいのかと内心焦りまくる。

すると、そのまま立ち去るかと思った淑恵は立ち止まったまま、真琴に視線を向けてきた。その目の中には嫌悪や怒りは見えず、自分に対して負の感情はないのかなと希望が湧く。

初対面の時、海藤は自分のことを《連れ》と紹介してくれた。その意味を、淑恵はわかっているのだろうか。

「あの」

「なに？」

「あの……すみません、貴士さんの相手が……その、俺みたいなので……」

いろいろな意味を含めて、とにかく一度謝らなければと思った真琴が頭を下げると、綺麗な細い指がそっと真琴の肩を叩いた。

「謝ることはないわよ」

「でも、本当なら海藤さんにはちゃんとした相手と……」

「本当に、それは構わないのよ」

そう言って微笑《ほほえ》む淑恵の目元は、少しだけ海藤に似ている感じがする。

「自分でもおかしいとわかっているくらい、私にとっては貴之さんだけが大切なの。自分で産んだ子供を簡単に手放してしまえるくらいにね」

静まり返ったエレベーターホールに、凛《りん》とした淑恵の声だけが響いた。

「今さら私が、あの子に対して何かを言う資格なんてないわ。ただ……あの子が選んだあなたが……あなたにとって、あの子が唯一の存在だったら、それで何も言うことはないのよ」

そう言った淑恵の顔はどこか憂いを帯びていたが、すぐに意識を切り替えたのか口元に笑みを浮かべる。

「貴之さんが起きているといけないから」

そう言って立ち去る淑恵の後ろ姿を見送りながら、真琴は深く息を吐いた。

「……難しいな」

思わず、小さく呟く。

まだ二十歳《はたち》にも満たない真琴には、大人の事情というものはなかなか理解できない。ましてや、あんなにも年上の女性の考えることはまったくわからない。

淑恵と比べたら、自分の母などは喜怒哀楽がはっきりとして単純で、本当にわかりやすいかもしれない。

「真琴さんっ」

「あ」

その時、少し焦ったような口調で名を呼ばれた真琴は、早足で向かってくる倉橋の姿に気づいた。きっと、突然病室を飛び出した真琴を心配して追いかけて来てくれたのだ。

自分が言ってしまったことを思い出し、改めて謝罪しなければと慌てて自分からも駆け寄ろうとした真琴は、タイミングよく開いたもう一つのエレベーターから出てくる白衣の人間を視界の隅に捉えた。

「真琴さんっ！」

（え……？）

一瞬、真琴は何が起こったのかわからなかった。

いきなり強く腕を引かれたかと思うと、誰かが全身で覆い被《かぶ》さってくる。焦って頭を上げようとしたが、強い力はそれを許してはくれなかった。

「……っ」

声は漏れなかったが息を詰める気配を耳元に感じ、続いて真琴はそれが倉橋だということにやっと気づいた。

「くら……」

「顔を上げないでっ」

いつもの倉橋とは別人のようなきつい口調に、真琴は身体を硬直させる。

まったく見えない視界の代わりに、荒々しく乱れる複数の足音と、争うような気配を耳で捉えた。


それより少し前。

「私が」

飛び出した真琴の後を追って倉橋が素早く病室を出た。

残った海藤はしばらく貴之を見ていたが、やがて堪《こら》えきれない笑みが口元に浮かんだ。

「……なんだ」

眉を顰める貴之にも、不思議と気持ちは穏やかだ。

「いえ……あなたに対してガンコ親父と言える人間がいるとは思わなくて」

気のせいかもしれないが、父親に会ってからずっと胸の底に溜《た》まっていた澱《おり》のようなものが少し薄くなったように感じる。

今までは自分という存在の上に、常に圧《の》しかかっていた姿の見えない父親という存在。

一生逃れることはできないと当然のように思っていたが、こうして久し振りに会った父親は頭の中に残っていた印象よりもずいぶん歳を取っていた。

確実に、今の海藤の方がすべての面で上になっているはずだ。

恐れることは何もない。そんな当たり前なことを今さらのように気づいた。

「来てよかったと思っていますよ」

「……」

「少なくとも、俺の古い記憶を塗り替えることができた」

大きくて、無意識のうちで圧倒的な存在だった父親を、記憶の中でも歳相応にすることができた。

本当に、真琴に感謝をしなければならない。

海藤が一人で来ていたとしたら、こんなにも客観的に父親を見られなかった。

「三日……いや、二日で帰ります。今回のことは俺の責任のようですから、きっちり始末をつけますので」

軽く頭を下げて背を向けた時、

「貴士」

珍しく、名前を呼ばれた。

「なんですか？」

「あの子は……お前にとって有益な存在なのか？」

貴之ほどの年齢になれば、大学生の真琴も子供のような総称になるのだろう。海藤の中の真琴の位置と、貴之のそれとは当たり前だがまるで違う。そのことに、腹も立たなかった。

妻よりも子供よりも、父親が何を一番大切に思っているのか海藤はよくわかっている。自分と真琴の関係を知ってすぐに菱沼の名前を出したのは、開成会の次代の跡継ぎのことを心配したからだろうということも容易に想像がついた。

何もかも組が一番……それが極道として生きた父親のすべてなのだろう。

母親と結婚したのさえ、菱沼の口添えがあったからこそだ。

組にすべてを捧げた父と、盲目的に父を愛し続ける母。海藤にとって両親は、親というよりも歪《いびつ》な生き方しかできなかった二人の男女としか思えなかった。

(俺も……)

そんな二人の間に生まれた自分も、どこか人間として欠落していたと思う。だが。

「有益かどうかはわかりませんが、必要な存在であることに間違いないですよ」

必死に父に訴えていた真琴を思い出すだけで、海藤の心は不思議なほど穏やかに温かくなる。

真琴を手にして初めて、海藤は自分が人間になれたと思った。

「あなたにとっての、伯父貴の存在のように……」

病室を出た海藤は足早に真琴を追いかけた。

倉橋がすぐに追ってくれたので心配はいらないとは思っていたが、たとえ病院の中だとしても敵の現状を把握していない今は、完全に安心とは言えなかったからだ。

廊下にはまったく人影はない。この階は特別室が並ぶ階で、今は貴之が入院しているので他の患者はいないように手筈《てはず》を整えていると聞いている。

急ぐ海藤の視線の先に、倉橋の背中が見えた。

「！」

その倉橋がいきなり走り出し、海藤も反射的に後を追う。

それまでの余裕が一転、神経が張りつめる。

――嫌な予感がした。

「真琴っ!!」

追いついた海藤の目に、エレベーターホールの床に蹲《うずくま》った真琴に覆い被さる倉橋と、すぐ側に鋭いメスを手にして立っている白衣の男が映った。

海藤の姿を見た白衣の男はすぐに踵《きびす》を返そうとしたが、海藤は素早くその手を蹴《け》り上げてメスを落とさせ、勢いのまま背中に蹴りを入れた。耐えきれず男が膝《ひざ》をついた時、ようやく異変に気づいたらしい警備の男たちが駆けつけ、数人で男を捕らえる。

「……っ」

海藤は襲撃者の拘束を警備の男たちに任せ、同時に口に白衣の裾を突っ込み、舌を嚙《か》んでの自害させないようにした。怒りのまま、息の根を止めなかったのが自分でも不思議なくらいだ。

この間、ほんの数十秒だったが、海藤にとっては気が遠くなるような長さに感じた。

「真琴っ」

手荒く男を放り出した海藤は真琴に駆け寄る。そこでようやく、上に圧しかかっていた倉橋が身を起こした。

「真琴、大丈夫か？」

「……か、かいど……さ……」

素早く全身を見たが、どうやら怪我はしていないようだ。

それでも、突然の襲撃に相当ショックが大きかったのか、顔色は真っ青で身体も細かく震えている。

「……すまない」

誰が狙っているともわからない地で、一瞬でも目を離してしまった己の危機感のなさを後悔したが、そんなことよりも今は真琴のケアをする方が先だ。

海藤は真琴の身体を抱き上げ、しっかりとその腕の中に抱きしめると、側に立つ倉橋に視線を向けた。

「怪我は」

「大丈夫です。申し訳ありませんでした」

倉橋は深々と頭を下げて己の対応を詫《わ》びるが、もちろん倉橋に落ち度はない。

ふと、倉橋の右袖《そで》が切り裂かれていることに海藤は気づいた。包丁やナイフのような大きさはないものの、肉体を裂くことができるメスはスーツも綺麗に切り裂いてしまっていた。

床に落ちているメスには赤い血がついている。怪我をしているのは間違いなかった。

「医者に見せろ」

「いえ、掠《かす》り傷ですから」

見かけによらず頑固な倉橋は、海藤や真琴をこのまま置いて治療など受けようともしないだろう。その律義さや忠誠心はありがたいが、倉橋が傷ついて何も思わないはずがない。

海藤は瞬時に判断した。

「綾辻を呼び戻そう」

「社長」

「なんのための幹部連だ。あちらにはまだ任せられる奴もいる」

拒否しようとした倉橋は、そこで口を噤《つぐ》んだ。

「……はい」

眉を顰め、硬い表情になってしまう倉橋の心情は容易に想像がつく。

もちろん、腕力的に倉橋が劣るというわけではなかった。細身の身体ながら一通りの護身術を身につけている倉橋ならば、一人であったらまずこんな怪我を簡単にすることはなかっただろう。

ただ、そこには真琴がいた。海藤の次に最優先で守らなければならない存在のためには、自分の身を挺《てい》して守る方法しかなかったのだ。

「……感謝する」

腕の中のこの存在を守ってくれたことに何よりも感謝し、海藤は強く真琴を抱きしめる。胸元にしがみついてくる手の強さで、真琴がどんな恐怖を感じていたか……想像するだけで海藤は己が傷つくよりも胸が痛かった。

だが、襲撃者を取り押さえる警備の男たちを見据える海藤の眼差しの中には、一片の感情もない。

「……何をしていた」

声を荒げることはなかったが、その言葉は氷のように冷たく男たちを貫く。

「申し訳ありませんっ」

言い訳など必要なかった。たとえどんな理由があったとしても、警備と名のつく使命を果たせなかったことに違いはない。

貴之や海藤が傷つかなかったからいいというわけではないのだ。

「真琴に掠り傷一つついていたら、お前たちに明日はなかった」

「……っ」

青ざめる男たちを一瞥《いちべつ》し、海藤は襲撃者を見る。海藤の一番大切なものに手を出そうとしたこの男を、絶対に許すつもりはない。

「殺すな」

簡単に楽になどさせない。

「すべて吐かせるまで生かしておけ。何も知らない雑魚《ざこ》なら、死んだ方がましだという目に遭わせろ」

「はっ」

「大事な幹部に傷をつけられた落とし前は、きっちりつけさせてもらう」

「！」

その言葉に反射的に顔を上げた倉橋は、傷ついた腕を押さえながら深々と頭を下げた。

慌ただしいノックの音がして、海藤は顔を上げた。

腕の中にいた真琴は身体を揺らしたが、今この場所に誰かが襲ってくることは絶対にないと安心させるように、何度も髪を撫でてやる。

入り口付近に立っていた安芸が慎重にドアをスライドさせると、そこに立っていたのはわずかに髪を乱した綾辻だった。

「遅くなりました」

海藤の命を受けて動き回り、まだ東京に戻っていなかったとはいえ、連絡を入れてから二時間もしない間にここに来たのは十分優秀だ。

頷く海藤に軽く頭を下げた綾辻は、普段は見せないような硬い表情のまま病室の中に入ってきた。無言のまま歩いてくる綾辻の息は乱れてはいなかったが、うっすらと額に浮かんでいる汗で、相当急いでここに駆けつけてきたのだということがわかった。

あの後、すっかり腰が抜けてしまった真琴を、海藤はとりあえず空いている特別室に連れて行った。

貴之との病室からは二部屋間をあけてあるので、気配は漏れないはずだ。

すぐに医者を呼び、真琴に怪我がないことを再確認した後、改めて倉橋の治療を頼んだが、倉橋自身がそれに躊躇《ちゅうちょ》をした。治療をしてしまうと、己の不甲斐《ふがい》なさを思い知らされるような気がするらしい。

しかし、

「ちゃんとお医者さんに見せてください。何かあったら……俺……」

頑固な倉橋も真琴の真摯《しんし》な思いには弱いらしく、渋々ながら治療を受けることを了承し、医者が来ると上着を脱いでシャツの袖を捲《めく》り上げた。

細身ながら滑らかな筋肉をつけた倉橋の背には、今は見えないが綺麗な龍《りゅう》の刺青《いれずみ》が彫ってある。自分の主の代わりに墨を入れた倉橋に、事後報告を受けた海藤は何も言うことができなかった。

ただ、自分の命が二つにわかれた……己と一心同体の存在だと、倉橋という人間を痛烈に実感した。

もちろんそれは恋愛感情ではないが、肉親の愛情でもなく、共に存在する……この世界で生きていくのに、心から信頼できるそんな人間を見つけることができた自分は幸運だ。

鋭いメスで切られた傷は思ったよりも深かったようだが、あまりの刃の鋭さに皮肉にも傷痕《きずあと》は綺麗なもので、この分ならば痕は目立たなくなるだろうと医者は言った。

その治療がすみ、一段落した時に綾辻が到着した。

椅子に座る倉橋を、綾辻は無言のまま見下ろしている。

（綾辻のこんな顔は初めて見る……）

己が傷つけられるよりも痛そうな顔。普段の人当たりの良い雰囲気が一変し、まるで近づく者の肌を突き刺すような冷たいオーラをまとっている。

これほど怒っている綾辻の姿を、海藤も初めて見た気がした。

「……克己」

「すみません、みっともない姿で……」

綾辻はバツが悪そうに目を伏せる倉橋に手を伸ばし、押さえてあった手を強引に外して戻していたシャツを捲り上げた。そこには治療したばかりの包帯が巻いてある。

「……っ」

眉を顰め、舌打ちをする、こんな綾辻の姿も滅多に見られない。

躊躇うことなく倉橋の足元に跪《ひざまず》いた綾辻は傷ついた右腕をそっと取ると、包帯の上から静かに唇を寄せた。

「あ、綾辻さんっ」

珍しく声を上げた倉橋が慌てて身を引く。綾辻はそのまま立ち上がったが、海藤は綾辻の唇が紡ぎ出した声なき声を聞いた。

「野郎……地獄を見せてやる……」

その時、海藤はああと得心がいった。

綾辻にとっての倉橋の存在の意味を。

そして、こちらを振り返った時には、綾辻は見事にいつもの空気を身にまとっていた。

「怖い思いしちゃったわね、マコちゃん。でも、もう大丈夫だから」

「綾辻さん……」

「この私がいれば百万力よ。少なくとも、克己よりは腕っ節に自信あるから」

先ほど垣間《かいま》見た無表情さは跡形もなく、綾辻は真琴に罪悪感を抱かせないように柔らかい笑みを浮かべて言った。

「でも……」

それでも真琴は、自分を庇《かば》ったせいで倉橋が怪我をしてしまったことを深く後悔したままだ。真琴のせいなどではないのに涙まで浮かべている。海藤はどう慰めていいのか言葉を探したが、その前に綾辻が力強く言いきった。

「私と……何より、社長を信じて。絶対にもう誰も傷つかないから」

それが、この場を和ませるための口からでまかせではないと真琴にもわかったらしい。ようやく頷いてくれたことに、海藤も安心した。

今回の件での綾辻の行動は早かった。

病院に駆けつける最中から指示してきたのか、時間を置かずして次々と電話やメールが入ってくる。

それに対応しながら、しばらくして綾辻は海藤に視線を向けた。

「捕まえました」

誰が……という主語はなくともわかる。

「背景は想像したとおりか？」

「ほぼ間違いないでしょう。本人から聞けばいいことです」

ここからは、真琴には絶対に関わらせたくない。海藤は倉橋を振り返った。

「倉橋、真琴を頼めるな？」

不可抗力とはいえ、真琴を危険な目に遭わせた倉橋に、もう一度真琴を託すということがどういう意味か。どれほどの信頼を抱いているのかそれだけでも倉橋はわかったらしく、しっかりと頷いた。

「お任せください」

そして、海藤にとって一番大切な真琴を託すということで、倉橋も今回の作戦に参加しているのだという意識を持てるはずだ。

「すぐに戻る」

本当は真琴と離れたくはないが、今はそうも言っていられない。不安に揺れる眼差しを見ると胸が痛むが、結局真琴も我慢して頷いてくれた。

病室の中に倉橋と真琴を残し、海藤は綾辻と共に空いている隣の部屋に入る。そしてすぐに、綾辻の報告を聞いた。

「郷洲組の若頭に波多野《はたの》という男がいるんですが、そいつは今の組長である菊池《きくち》とかなり反目しているらしいです。菊池は前の組長をいわば騙《だま》した形で跡目を継いだようですから。波多野は前の組長の時から若頭を張っていて、周りは次期組長はこの波多野だと思っていたらしいんですが、横から掻《か》っ攫《さら》われる形で組を乗っ取られて。でも、シマじゃ波多野の方が力があるし、他の組長たちとの顔繫《つな》ぎも十分で、切りたくても切れないっていうのが菊池のジレンマみたいですね。だからといって、簡単に名前を売る方法として、今でもカリスマ的な名前を張っている社長の父親を狙うとは……まあ、脳が足りないんでしょう」

身も蓋《ふた》もない言葉だが、海藤に反論する気はまったくない。まさに身内の喧嘩《けんか》を周りに飛び火させた話で、迷惑この上もない。

これで貴之が本当に命を落としていたとしたらどんな大きな戦争になったか、その男たちは予想もせずに思いつきで喧嘩を売ってきた。当然、相手をこのままにするつもりはない。

何より、相手は海藤を本気で怒らせた。

なぜ側を離れたのか、なぜあんな危ない目に遭わせてしまったのか。こちらに来る時、どんな危険があるかもしれないと予想していたはずなのに、まさか一番力がなく、この世界とは関係ない真琴が襲われるとは、さすがに海藤にも想定外だった。

だからといって、知らなかったではすまされない。何よりも大切だと想う相手に手を出されて黙っているほど、海藤は達観もしていないし腑《ふ》抜《ぬ》けでもないつもりだ。

「こっちの顔役は三和《さんわ》会の……」

「加茂《かも》会長です。少し頭は固いですが、仁義に厚い人らしいですよ。確か、御前とも親交があるはずです」

「……伯父貴を通して話をするか」

「後々、問題にならないためにはそれが得策ですね。……社長」

そこまで言って、綾辻は口元に笑みを浮かべた。

「菊池を潰すのは、俺にさせてください」

海藤はじっと綾辻を見る。

仮にここで反対したとしても、綾辻は倉橋に怪我を負わせた相手を許さないだろう。海藤は綾辻の肩を軽く叩き、携帯電話を取り出した。

『倉橋から連絡はもらったよ。とにかく無事でよかった』

電話の向こうの菱沼の声は本当に安堵《あんど》しているようで、彼がどれだけ父親の安否を気遣っていたのかがわかる。

私的では義弟、仕事面でも片腕として長く共にいた菱沼と父。現状、遠く離れている二人だが、未だ強い結びつきがある。

「実は、力を貸していただきたくて」

父同様、既に引退している菱沼の力を借りるのは情けないが、今回の敵を完膚なきまでに潰すためにはどんな力も利用するつもりだ。

『隠居している私の？　いったいなんだ？』

「真琴が狙われました」

『マコちゃんが？』

そう言った途端、電話の向こうの空気が変わった。

『……怪我は？』

「真琴にはありません。庇った倉橋が腕を切られました」

すると、溜め息混じりの言葉が返ってくる。

『それは……ユウが怒ってるだろう』

「……ええ」

詳しい状況を説明しなくても、菱沼には今の海藤の心境はもちろん、綾辻の感情まで見えているかのようだ。

先日顔合わせをして以来、真琴のことを気に入っているし、もちろん以前から倉橋のことも可愛がってくれている菱沼はすぐに言ってくれた。

『私は何をしたらいいんだい？』

「三和会の加茂会長に話を通してください。信用できる人間を数人用意して欲しいと」

『加茂さんか』

「それと、郷洲組の背景も把握したいんです。できれば早く」

『わかった。今夜……いや、夕方までには一度連絡を入れよう』

「お願いします」

『マコちゃんによろしくな』

最後にそう言って電話は切れた。

まだ十分、裏の世界でも顔が利く菱沼だ。一度言葉にしたら確実に実行することは知っているので、約束の時間にはかなり詳しい情報が入ってくる。同時進行で綾辻もこちらで動いているので、二つの情報をかけ合わせればほぼ確実な状況を把握できるだろう。


「ここにいなくても大丈夫なんですか？」

「今は連絡を待つしかできないしな」

戻ってきた海藤に場所を移すと言われた真琴は、海藤の両親の安否を心配した。犯人は捕まったとはいえ、またいつ、あんなことが起きるかわからないのだ。

実際に自分が狙われて危機感が高まった真琴としては、このままここにいた方がいいように思った。しかし、あの事件があって反対に警備は強化されたという海藤の言葉を信じ、倉橋と共に昨日泊まったホテルに戻った。

「綾辻さんは大丈夫ですか？」

「ああ、あいつなら心配はいらない」

一人別行動の綾辻のことも気にかかるが、きっぱりと言いきる海藤に頷くしかなかった。

「私はこれで」

部屋のドアを開けると、倉橋はそのまま頭を下げる。ずっと一緒にいるつもりだった真琴は慌てて引き留めた。

「倉橋さんも一緒にこの部屋にいましょうよ」

「いいえ、真琴さんもお疲れでしょうから、ゆっくり休まれてください。社長、何かありましたら連絡をください」

「わかった」

海藤が頷いてしまったので、倉橋はもう一礼して部屋を出て行ってしまった。

多分、この隣の部屋にいるのだろうが、傷を負った状態で一人にして大丈夫なのだろうか。

「傷のせいで熱が出るかもしれないって、先生言ってましたよね？」

「言っても聞かないからな」

わずかに苦笑して言った海藤はスーツの上着を脱いで畳の上に投げると、そのまま座敷に胡坐《あぐら》をかいて真琴に手を伸ばした。

襲われてからずっと一緒にいてくれるが、二人きりになってようやく、甘えたい気持ちが高まる。真琴が海藤の側まで歩み寄っておずおずとその手を取ると引き寄せられ、倒れ込む形で膝の上に抱っこされる状態になってしまった。

「……重くないですか？」

「軽くて手ごたえがないくらいだ」

「……嘘《うそ》ばっかり」

こうして身体が密着し、お互いの鼓動を感じると不思議と安心できる。

あの時の、あの光景は、今でも真琴の脳裏に鮮明にこびりついていた。人に殺意を向けられることなんて初めてで、声を上げることも逃げることもできなかった。

そんな情けない自分のせいで倉橋に怪我を負わせてしまい、海藤にも迷惑をかけている。強引についてきてしまったことを後悔する気持ちも生まれた。

（本当に……俺って役にたたない……）

俯《うつむ》いた真琴が溜め息を嚙み殺した時、不意に目元にキスされた。

「……海藤さん？」

「本当に、すまなかった」

「海藤さんが謝ることなんかないです。それに、すぐに来てくれたじゃないですか」

自分を抱きしめてくれる海藤の手に力がこもるのがわかる。そこまで心配させてしまったことが申し訳なくて、真琴は自分から海藤の頰にキスを返した。

「……真琴」

「……っ」

目元のほくろに唇が触れた。こんなところで感じるなんておかしいが、真琴は海藤の腕にしがみついて込み上がる感情を抑えるのに必死になる。

「……お前が生きていることを確かめたい」

耳元で囁《ささや》かれ、そのまま気遣われながら畳の上に寝かされた真琴は、近づいてくる海藤の顔に慌てて目を閉じた。重なるくちづけは優しく、触れるだけだったが、次第にそれは舌を絡める濃厚なものになってくる。

口中に溢《あふ》れる唾液《だえき》を必死に飲み込み、真琴はだんだんと痺《しび》れる舌の感覚に唇が閉じられなくなった。

「んぅ」

このまま意識を手放したくなるが、一方で、この状況がいつもと違うと警鐘が鳴っていた。

時折薄く開く視界には、障子越しの日差しが映る。今は昼間で、ここがそういう行為をする場所ではない座敷だということに、流されてはいけないとなんとか言葉を押し出した。

「……んぁっ、ま、待って、まだ、明るいし……っ」

「誰も見ていない」

「か、海藤さんが見てる」

身体を重ねることに抵抗があるわけではない。

大好きな海藤に触れてもらうのは嬉しいし、抱き合うことでの快感も既に身体は覚えている。だが、時間も場所もそうだが、先ほどの事件のことも倉橋のことも気になって集中できなかった。

「抱きたい」

「だ、駄目」

「真琴」

「……っ」

まるで甘えるかのように、真琴の首筋に顔を埋めて懇願する海藤は、普段はあんなに大人で男らしいのに、子供のようにさえ感じてしまう。そのくせ、真琴を見つめる目の中には滴るような欲情の熱が見えて、そのアンバランスさに胸が高鳴った。

海藤を相手に、真琴は呆気なく陥落した。

それでも、言葉で伝えるのは恥ずかしく、真琴は思いきって海藤の首に手を回し、自ら唇を押し当てる。

小さく舌を出して海藤の唇を舐《な》めると、目を細めて笑ってくれた。

「真琴……」

大好きな声が、自分の名前を呼んでくれる。それが嬉しくて、真琴はますます海藤にしがみついた。

畳の上で直《じか》に――というのは初めてで、真琴は彷徨《さまよ》う自分の手をどこにやればいいのか迷った。海藤に抱かれるという行為には慣れてきたものの、寝室以外でというのには未だ戸惑いの方が大きい。マンションでは時折、バスルームでということもあるが、基本的にゆっくりと真琴を愛してくれる海藤は、あまりどこでもということはなかったからだ。
特に、今回はただの遊びでここまで来たわけではない。まだ問題も解決していない中、気持ちも落ち着かない真琴は、内心どうしようと焦っていた。

「か、海藤さん」

真琴の躊躇いは見ているだけでわかるのか、海藤は頬にキスしてくれながら言った。

「俺だけ見ていればいい」

「……」

「愛してる」

真摯な言葉に、真琴も素直に応えを返すことができる。

「……お、俺も」

（……海藤さんだけ……見てればいいんだ……）

真琴は当たり前のことに気づき、深く息を吐いた。身体から力を抜いて、再び下りてくる海藤のキスを受け入れる。

目まぐるしい出来事の中で、ただ一つの真実がここにはあった。一途《いちず》に自分を愛してくれる最愛の人を、真琴も身体すべてで感じたい。

「……ん……んあっ」

シャツのボタンを外され、肌着が捲られて、露《あら》わになった胸に海藤の頭が埋まる。まだ小さいままの乳首を唇で挟まれ、舌で舐められると、腰に震えるほどの快感が走った。自分で触れただけではなんとも思わない場所が、海藤の手には敏感すぎるほど反応してしまう。それが恥ずかしいのに、声を抑える余裕はもうなかった。

「んっ」

歯で食《は》まれて声を上げると、すぐに宥《なだ》めるように舌が這う。それを両方交互に繰り返され、真琴は無意識のまま海藤の頭を抱き込んだ。そうすると、海藤の身体とぴったりと重なり、なんだか安心できるのだ。

「か、かいどっ、さっ」

真琴の声に応えるように、海藤は乳首を少し強く吸い、歯で噛んで再び舌で弄《いじ》る。同時に、確かめるように腰を滑り降りた手が、真琴の下肢で止まった。

「……っ」

やんわりとペニスを摑まれ、そのまま扱《しご》かれた真琴は、突然の刺激に思わず身体を捩《よじ》る。その拍子に海藤に背後を見せる体勢になると、それまでペニスに触れていた手が尻《しり》へと伸びてきた。

さすがに真琴は背後を振り向き、懇願した。

「そ、そこ……っ」

「ん？」

胸を弄られるのももちろん恥ずかしいが、そこはやはり心構えが必要だ。もちろん、この状況でやめて欲しいとは言えないし、真琴自身もう身体は海藤を欲している。しかし、本能とは裏腹の理性がまだわずかに残っていて、せめてもう少し、快感に翻弄《ほんろう》されて我を忘れてしまうまで、そこに触れるのは待って欲しかった。

「ま、待って、もうちょ……ゆっく……」

「待てない」

だが、海藤は即座にそう言い、あろうことか身体をずらして尻の狭間《はざま》へと顔を埋めた。

「まっ、あっ、んんっ」

温かく湿った感触が、自分たちを唯一繋げる場所を舐める。

(は、恥ずかしい、のにっ)

自分の欲望よりも真琴の快感を優先してくれる海藤だから、ここが快感で溶けてしまうように丹念に愛撫《あいぶ》を施してくれるのがわかる。

「は……あふ……っ」

海藤の気持ちを感じとれるからこそ、真琴はどんなに羞恥《しゅうち》を感じても最終的に海藤を受け入れるしかなかった。あんなことがあって冷汗もかいている身体だ。風呂に入りたいとか、せめて汗を拭き取りたいとか思っていても、セックスというものがそんな綺麗なものではないということは真琴も知っている。

お互いの吐き出すものも、汗も、唾液も、すべてを受け入れることができるからこそ、身体を重ねられるのだ。

「……んっ、あっ、ああっ」

舌と同時に、指が入ってきた。さすがに唾液だけでは濡れが足りず、軋《きし》む感覚で中が引き攣《つ》る。圧迫感と痛みに顔を歪めたが、それでも慎重に動かされる指は、やがて一本根元まで入ることができ、海藤は真琴の感じる場所を指の腹で擦《こす》った。

「あっ、あっ」

ペニスだけでなく、男はここでも感じることができる。海藤に教えられた快感の個所を何度も丹念に愛撫され続け、そこは次第に熱を帯びて中の指を締めつけ始めた。

「真琴」

「あっ、はっ」

身体の中にある指に意識を集中していると、何度も名前を呼ばれていたのに気づいた。必死に視線を向けた先には、いつの間にか顔を上げていた海藤の、熱を孕《はら》んだ眼差しがある。

「名前、真琴、名前を……」

低い囁きが耳に届いた。

既に涙で滲《にじ》む視界の中に海藤の姿を捉えながら、真琴は目の前の広い背中にしがみつく。

「……しさん……」

「真琴」

「貴士さん……っ」

こんな時でしか名前を呼ぶ勇気がない自分が情けないが、意識が飛んでしまったからという言い訳ができるから、躊躇うことはしない。

「貴士さん、貴士さん……好き、大す……き……」

海藤が自分に対してしてくれることの足元にも及ばないが、海藤のことを好きだという気持ちはちゃんと溢れるほど持っている。言葉を惜しんで後悔なんかしたくなくて、真琴は海藤が望む言葉を何度も何度も口にした。

「貴士さん、好きっ」

「真琴……」

溜め息のような声が漏れ、中の指が引き抜かれる。間を置くことなく押し当てられたその熱さに無意識に腰が震えた真琴は、何度も浅く呼吸を繰り返して襲いかかる衝撃を迎えた。

「ん……あっ！」

めり込むように中に押し入ってきたものに、真琴は無意識に息を呑《の》む。

「あぁぁうっ」

最初に受ける痛みにどうしても歪んでしまう頬を、海藤は大きな手で何度も撫でてくれた。優しい指先に目元の涙を拭《ぬぐ》われ、そして確かめるように這われ、唇が重なる。痛さを伝えるように海藤の背中に爪《つめ》が食い込むが、目の前の表情には胸が熱くなるほどの愛情しか見えなかった。

「真琴……っ」

「好き……」

「……」

「好き、貴士さん、好き……っ」

苦痛の声を聞かせたくなくて、真琴は忙《せわ》しない息の中、海藤の名前を、自分の想いだけを伝え続ける。海藤は何かに耐えるかのように眉を寄せ、勢いよく中を突いてきた。

「あぁっ！」

内壁を擦られる感触に思わず声を上げた真琴は、同時に背中の熱さにも呻《うめ》く。揺さぶられる動きは思ったよりも激しいようで、畳で背中を擦られてしまうのだ。

すると、それを悟ってくれたらしい海藤が、ペニスを中に収めたまま真琴の腰を持って身体を起こす。その拍子に体勢が変わり、海藤のものを根元まで含むことになってしまった。

「……んぅっ」

さすがに全身が強張《こわば》って海藤の肩にしがみついた真琴だが、尻に当たるごわついた感触にうっすらと目を開ける。

（お……れ）

今さらながら、海藤がまだ服を着たままだということに気づき、対照的な己の淫《みだ》らさに羞恥が高まった。だが、同時に入ってしまった力で中のものを締めつけてしまい、また自分の快楽を刺激する羽目になる。

「あ……ふ……」

最奥を突かれた衝撃に、真琴の閉じることができない口から唾液が零《こぼ》れた。その滴さえ零すのは惜しいとでもいうように、膝に真琴を乗せ、見上げる体勢になっている海藤が下からそれを舐め上げる。

「！」

その行為に胸がとくんと高鳴ると同時に、身体に力が入ってしまったらしい。ペニスを締めつけられた海藤の端整な顔が歪むのを、真琴はぼんやりと見つめた。

（かわ……い）

小さく笑ったのは無意識だったが、その途端、海藤は真琴の腰を摑んで激しい抽送を始めた。何度も何度も、角度を変えて突いてくる中のものに、真琴は翻弄されながらも自らも腰を動かし始める。

海藤を上から見つめるあまりない体勢に、徐々に真琴も理性を手放し、彼を味わうように快感を追った。

真琴の中を淫らに搔き乱す海藤のペニスは熱かったが、海藤も自分の中の熱を感じてくれているのだろうか。

「……あっ、ああっ、んっ！」

目の前の海藤は、シャツにズボンの前を寛《くつろ》げただけの格好のセックスだ。見た目は刹那《せつな》的な交わりなのに、気持ちは深く繋がっている。

「……っ、真琴っ」

「……あっ！」

（か……ど……さ……）

下から、ひたむきな視線を向けてくる海藤を見て、真琴は不意にその頭を抱き寄せて自分の胸にあてた。抱きしめて、互いの身体がぴったりと重なるのが嬉しくて、涙が次から次へと溢れた。

生きているから、今こうして海藤と抱き合える。生きているからこそ、互いの想いを伝え合えるという喜びに全身で歓喜した。

「ず……と、いっしょ、だからっ」

「！」

息を呑んだ海藤が次の瞬間、息が止まるほど強く抱きしめてくれる。その動きに真琴は精を放ってしまい、間をおいて身体の最奥に熱い飛沫《ひまつ》を感じた。

性急ともいえる行為だったが、あまりにも濃厚な交わりの余韻に、しばらく抱き合ったまま離れることができなかった。


夕方、綾辻がホテルに来たと同時に、海藤の元には菱沼からの電話があった。

緊張の糸が切れてしまったのと身体の心地好い疲れのために、真琴はずっと眠っている。

その眠りを妨げないように、海藤と綾辻は隣の倉橋の部屋に向かった。

「……お疲れ様です」

海藤に続いて入ってきた綾辻を見て、倉橋は一瞬間をおいて言う。

その言葉に小さく笑った綾辻は、海藤が座るなり口を開いた。

「波多野と接触しました。郷洲組を解散させないという条件付きで、菊池の首を差し出すそうです」

あまりにもあっさりと綾辻は言ったが、海藤にはある程度、予想ができていたことだった。

「見切ったのか？」

「もともと、九州の人間は情が厚いみたいですからね。菊池のように汚いやり方で組を継承した人間についていく者も少ないようです。今回のことも、波多野は知らされていなかったと言いました。まあ、言葉どおりに受け取ってもいいかはわかりませんが、そんなに馬鹿な人間ではなさそうなので、知っていたとしても止めていたか……関知せずといった立場でしょう」

郷洲組は小さいながらも良質のシマを持っていたので、資金的には豊かな組だ。だからこそ、周りの大手の組からも一目を置かれていたくらいだったが、先々代が亡くなってその子供が跡を継いだ頃から少しずつ傾き始めたらしい。

先代は昔気質《かたぎ》の人間で、変わってきているヤクザ社会になかなかついていけず、組の財状は下降線を辿《たど》るばかりだった。

そこにつけ込んだのが菊池なのだろう。

「多分、薬に手を出していますね。去年辺りから、急激に羽振りが良くなっています」

「薬か」

「うちはご法度《はっと》ですけどね」

「そんなリスクの多い稼ぎは能なしがすることです」

黙って聞いていた倉橋がポツリと零す。

辛辣だが、的を射た言葉だ。

「組の中でも、薬に関しては賛否が分かれているそうです。積極的なのが、組長である菊池で」

「否が波多野か」

海藤は苦い溜め息を押し殺した。

どんな組でも大なり小なり問題を抱えていて、それらにどう折り合いを作るのかは長《おさ》である者の力量だ。今回のように長であるはずの菊池が暴走してしまっては、止める者もいないだろう。

それが、今のあの組の限界かもしれない。

「ようするに、菊池は相当な馬鹿だということですね。元開成会の若頭に手を出したんですから」

「引退した者に銃を向けるなんて、何を考えているのか……」

「そのままの勢いで関東に進出する気だったんじゃないか？」

「……馬鹿ですね」

それ以外言いようがないというように倉橋は吐き捨てた。

内輪揉《も》めと、ありえない夢のような関東進出。名を上げるために取った菊池の行動は、完全な破滅に向かってしまった。

「社長、御前はなんと？」

「三和会の方にＳＯＳを出してきたらしい。うちが戦争を仕掛けてきたと」

「うちが？　……よくもまあ、そんな」

「既に伯父貴には連絡していたからな。鼻で笑って門前払いにしたそうだ」

「当然」

「当然ですね」

あまりにも身勝手な菊池の行動に、綾辻も倉橋も呆《あき》れるしかないのだろう。

海藤もその報告を聞いた時は、勝手に向こうから仕掛けておいて開成会のせいにするとはと、開いた口が塞《ふさ》がらなかった。

関東でも一、二を争う勢いのある開成会が、わざわざ地方の、それもそれほど大きくもない組に戦争を仕掛けるなど、誰が聞いてもおかしいと思うだろうが、そんな当たり前の予測さえもできていないということだ。

「醜いですね」

「三和会以下、こちらの主だった組の人間は菊池から手を引くそうだ。後は好きにしていいと」

「へえ……楽しみ」

ニヤッと笑った綾辻の顔は、間違いなくヤクザの顔だった。

目が覚めた時、真琴は部屋に一人だった。

（……海藤さん、どこ行ったんだろ……）

身体を重ねた後、そのまま気を失うように眠りに落ちたが、汚れていたはずの身体は綺麗に後始末をされ、ホテルの浴衣を着せられていた。

隣にいたはずの海藤が起き出すことさえ気づかないほど深く眠っていたのかと落ち込みそうになったが、とにかく布団から出ることが先だと、真琴は身体を起こす。

濃厚な交わりだったが、海藤は最新の注意を払って抱いてくれた。その証拠に、下肢には鈍い痛みが残るものの、動けないほどではない。

抱かれたせいかもしれないが、一人残される不安はあまりなかった。それでも海藤の身が心配で急いで着替えた真琴は、そのまま部屋のドアを開けた。

「あっ」

「どちらに行かれますか？」

ドアの前には安芸と、もう一人体格のよい男が立っていた。

「部屋からは出ないようにと言いつかっています」

「あ……あの、海藤さんは……」

「真琴」

海藤がどこに行ったのか聞こうとする前に、真琴は隣の部屋から現われた海藤の姿を見つけた。

どこもなんともないことがわかると、やっと安心して顔が緩む。

「悪かった。お前が目覚める前に戻ろうと思ったんだが」

他の人間の目など気にせずに、海藤は真琴に歩み寄ってその頬にキスを落とした。

普段なら恥ずかしくてすぐ身を離す真琴も、今は少しでもその体温を感じていたいので
そっと腕に縋った。

「あ、マコちゃん」

「綾辻さん」

続いて隣の部屋から姿を現した綾辻は、にっこり笑いながら真琴に手を振ってみせる。

「お肌ツヤツヤ。何したのかしら〜」

「あ、綾辻さんっ」

揶揄《やゆ》され、たちまち真っ赤になる真琴だが、次に出てきた倉橋に気づき、慌てて海藤から離れて駆け寄った。

「大丈夫ですか？　熱は出ませんでした？」

「ええ、ご心配おかけしました。痛みもほとんどありませんし、大丈夫ですよ」

穏やかに答える倉橋の顔色は悪くはなく、熱で火照《ほて》って赤いということもない。

自分の足でも立っているし、眼鏡の奥の目の力もしっかりと見て取れ、真琴は倉橋の言

葉が強がりではないとようやく納得して安心した。

「少し早いが夕食にしよう。その後、俺は少し出る」

「え……」

また、どこに行くのだろう。何か危ないことはないのだろうか。

不安になったのがわかったのか、海藤は頬に笑みを浮かべる。

「心配ない。時間はそうかからないだろうし、綾辻も連れて行く」

名を呼ばれた綾辻が大きく頷く。

「マコちゃんは克己とお留守番よ」

「倉橋さんと？」

「不本意ですが、今の私ではお役に立てないので。でも、真琴さんのことはしっかり守りますのでご安心ください」

「そーよ、こう見えても克己は強いし」

「こう見えてもとはなんですか」

「……」

（何……するんだろ……）

本当は、どこに行くのか、何をするのか、聞きたいことは山ほどあった。

しかし、それは多分真琴のわからない海藤たちの世界のことで、海藤もそんな自分たちの姿を真琴には見せないだろう。

（大丈夫……大丈夫だよね？）

今回、海藤の父親が銃で撃たれたり、実際に自分が刃物で襲われ、倉橋が怪我をしている。

実害があっただけに絶対大丈夫だとどこかで信じきれないものの、真琴は頷くしかなかった。


食事を終えた海藤が綾辻を伴って出かけると、部屋に残された真琴はしばらくの間じっとドアの向こうを見つめ続けた。

（……俺だけここにいて……いいのかな）

何もすることもできないのに、じっと待っていることも怖い。海藤に何かあって欲しくないし、もしも何かあるのならば自分が身を持って防ぎたいと思う。

多分、怖くて身体が動くこともできないだろうが、知らない場所で何かあったらと思うと落ち着かなかった。

「真琴さん」

そんな真琴の気持ちを感じ取っているのか、倉橋が苦笑を浮かべながら言った。

「そんなに心配なさらなくても、今日中には決着が着くでしょう。社長の父上の容態も安心できるようですし、早々に東京に帰ることになると思いますが……戻る前に屋台に行きませんか？」

「屋台？」

倉橋の口から出た意外な言葉に、真琴の緊張感がそがれた。

「綾辻ならきっと美味《おい》しい店を知っていると思いますし。真琴さんは行ったことありますか？」

「え？　いえ、屋台はないです」

「とんこつラーメンは本場だし、美味しい店がきっとたくさんありますよ」

倉橋と屋台のラーメンなんて、あまりにも似合わなさすぎるが、それが真琴の気分を上向きにする倉橋の気遣いだというのはよくわかる。

不安な顔ばかりしていては倉橋の方が困ると思い、彼のその心遣いに感謝して真琴もようやく笑みを浮かべた。

「なんだか、海藤さんや倉橋さんが屋台でラーメン食べてる姿、全然想像できないです」

「そうですか？　……そうかもしれませんが」

自分でも想像し、倉橋が複雑そうな笑みを浮かべた時だった。彼の携帯電話が鳴った。

まだ、海藤たちが出てから二十分も経っていないので、さすがに何かがあったとは思えないが、それでも真琴は緊張してその様子を窺《うかが》う。

「はい……え？」

真琴とは違って特に大きなリアクションもしないで電話に出た倉橋だったが、話しているうちに珍しく困惑したような表情を浮かべ、一瞬真琴を振り返った。

（な、何？）

何か自分に関係することだろうかと、真琴の不安と疑問はますます大きくなる。

「……わかった。いや、ロビーではなく、部屋に。それと、もう一人誰か応援を頼む」

やがて携帯を切った倉橋に、真琴はすぐに尋ねた。

「あの、海藤さんたちに何かあったんですか？」

「……いえ、どちらかというとこちらの問題ですね」

「え？」

「下に、宇佐見さんが来られたようです」

「えっ？」

予想外の名前に、真琴は思わずぽかんと口を開けて倉橋を見上げた。

「このまま帰しては不審がられる可能性があります。真琴さん、私に任せていただけますか？」

「倉橋さん……」

海藤がいないこの場の責任者は倉橋だ。その彼が宇佐見を招き入れるという判断をしたならば、真琴もそれに従うだけだ。

「はい。倉橋さんにお任せします」

真琴の返答に倉橋が明らかに安堵した表情を見せてから間もなく、来客を告げるインターホンが鳴り、倉橋がドアまで迎えに行った。

その開閉音と人の気配に、真琴も立ち上がって背筋を伸ばす。

(宇佐見さん、まだこっちにいたんだ)

てっきり、宇佐見はもう東京に戻ったものだと思っていた。父親の容態も思った以上に心配がいらないとわかったはずなのに、宇佐見がまだここに残っている理由はなんなのだろうと考えるものの、思いつくことはない。

「どうぞ、こちらに」

やがて、倉橋に続くように入ってきた宇佐見はそのまま真琴の前まで歩み寄ると、いきなりその全身を鋭い目で見つめた。

「あ、あの?」

「……」

「宇佐見……さん?」

「怪我はないようだな」

そう一言だけ言った宇佐見の鋭い視線は、やっと幾分柔らかいものになった。

「病院の中で何かあったらしいという報告を受けて……まさかと思ったんだが、どうしても直接確かめたかった」

真琴は、病院でのあの事件を宇佐見が把握していることに驚いた。同時に、あんなことを警察関係者の宇佐見に知られて大丈夫なのだろうかという不安が湧き上がり、無意識に拳《こぶし》を握り締める。

「すぐに来たかったんだが、どうしても断われない老人どもとの面会があったんだ」

そこで問うような眼差しを向けられてしまい、真琴は困って倉橋を振り返る。

軽く頷いた倉橋は、そのまままさりげなく真琴と宇佐見の間に身体を滑り込ませた。

「ご心配をおかけしたようですが、たいしたことは何もなかったのですよ」

完全に否定することなく、だからといって肯定もしない倉橋に、宇佐見は眉間《みけん》に皺《しわ》を寄せたまま尋ねる。

「……あいつは」

「社長は所用がありまして」

「彼を置いて？　信じられないな」

そう言ったかと思うと、いきなり宇佐見が動いた。手を伸ばし、振り払おうとした倉橋の腕を掴む。そこが傷ついた個所だということを倉橋の表情で察した真琴は、とっさに二人の間に割って入ろうとした。

しかし、宇佐見はその前に手を離し、倉橋から視線を逸らさないまままきつい眼差しで問い詰めてくる。

「何があった？」

「……」

「何をおっしゃっているんです？」

「お前が傷を受けるくらいだ。……突発的な襲撃か？」

「……お答えできかねます」

「銃か？　刃物か？」

「言え」

言い放つ宇佐見は、こんな時に思うのも変かもしれないが海藤によく似ていた。

ヤクザの世界と、警察の世界と、どちらも組織の中でかなりの地位まで上り詰めている二人。まったく生活環境が違うのに、どこか同じ匂《にお》いを持っている感じがする。

特に、こんなふうに怒りを抑えた眼差しは怖いほどだったが、倉橋はまったく動揺することなく淡々と告げた。

「どういう立場で聞いてらっしゃいますか？　警察組織の一人としてですか？　それとも、

海藤会長と血が繋がっている人間としてですか？　それとも……」

「どうしても断われない面会は受けたが、今、俺は休暇を貰《もら》ってここにいる」

「……」

「病院につけている人間も、俺が個人的に雇った人間だ」

「……」

「今、俺は宇佐見貴継個人として聞いている」

「どうして、そこまで？」

倉橋の問いに一瞬口を噤んだ宇佐見は、ふと真琴に視線を向けてくる。目が合い、真琴が戸惑って目を瞬《しばた》かせると、大きく息を吐いてからきっぱりとした口調で言った。

「彼が心配だからだ」

「真琴さんが、ですか？」

「ああ。あいつのことや、あいつの組のことはいっさい関係ない。俺にとって一番気になっているのは、西原真琴、君だ」

真琴は一度、何かを言いかけて……口を噤む。何を聞くのも言うのも、自分が思った以上の意味を含んでいるような気がして、反応すること自体躊躇われたのだ。

初めて会った時、宇佐見は真琴に蔑《さげす》みの視線を向けていた。男が男に抱かれるということを認められなかったのだろう。

だが、それ以降、宇佐見は真琴のことを気遣うような言葉をかけてくれた。それは、学生なのに海藤と付き合うことになった真琴を、警察官として心配してくれているのだと思っていた。

しかし、今自分を見つめる宇佐見の目の中の熱は……それをどう、考えたらいいのだろうか。

「あいつとは別れろ。後の面倒《めんどう》はすべて見る」

宇佐見は既に結論づけたように言う。それまでただ呆然と彼の言葉を聞いていた真琴は、ようやく我に返って反論した。

「……そんなの、変です」

「どこが?」

「ぜ、全部です。俺は別に脅されて海藤さんの側にいるわけじゃないし……」

「あいつは暴力団だ。普通の大学生である君が一緒にいてどうする」

「それでもっ、それでも、一緒にいたいんです」

理由などない。

好きだから側にいたい、真琴の願いはそれだけだ。

「宇佐見さん、俺は、海藤さんと宇佐見さんに仲良くなって欲しいって思ってます。いろいろ複雑な関係もあるみたいだけど、兄弟は仲良くして欲しいって……。でも、そのせいで、もし海藤さんが嫌な思いをするなら……もう、仲良くしなくてもいいです」

あくまでも、真琴の一番は海藤で、真琴にとって宇佐見は海藤の兄弟という認識しかない。今さら海藤以外の手を取ることなど、まったく考えられなかった。それが真琴のことを思って言ってくれているとしても、自分の気持ちは海藤だけを欲している。

俯いて、両手を強く握り締めている真琴の背中を優しく撫でた倉橋が、宇佐見の前に立ち塞がった。

「お聞きになりましたね？　このままお引き取りください」

「倉橋」

「本来なら、警察関係のあなたとこうして話すこともしたくはないのです。私が今、なんの策もなくあなたの前にいるのは、あなたがあの方のご兄弟だからですよ」

暗に、それ以上の価値はないという意味を含めて言われたことにさすがに気づいたのか、宇佐見の頬が強張ったのがわかる。

「お帰りください」

「倉橋」

それでも、宇佐見はただでは引き下がらなかった。

「俺をあいつの兄弟だと思っていると……そう言ったな」

「ええ」

「それなら、俺にもあいつと同じ血が流れているな」

宇佐見が何を言おうとしているのか、真琴は緊張してその唇を見つめたが、倉橋は先手を打って厳しい口調で告げる。

「……警察のキャリアに傷がつきますよ」

「それがどうした。悪いがそんなものは俺を止める理由にはならないぞ」

その言葉は嘘ではないだろう。

今、目の前にいる宇佐見の雰囲気は、その顔以上に海藤に酷似していた。

「倉橋、あいつに伝えてくれ。どんな手回しも無駄だと」

「……」

「また、会おう」

「！」

不意に腕を摑まれた真琴は、倉橋が止める寸前に宇佐見のキスを頬に受けてしまった。

そのことに目を丸くした真琴を見下ろした宇佐見はわずかに目元を緩めた後、軽く真琴の髪を撫でて部屋から出ていく。

「……海藤さんに似てましたね」

どう反応していいのかわからず、真琴はそう呟いた。

倉橋も、複雑そうな表情だ。

「……ええ、さすがご兄弟ですね。どうも、厄介な方が本気になったようで……」

「あの、すみません……」

「いえ、真琴さんのせいではありませんよ」

苦笑してそう言った倉橋だが、真面目《まじめ》な彼は先ほどの出来事をすべて自分のせいにして、海藤に報告をするだろう。それぐらいで海藤が倉橋を叱責《しっせき》するとは思わないが、真琴は念のためと倉橋に言った。

「今の、内緒にしましょう」

「真琴さん、それは……」

「あ、じゃあ、来たことは伝えても、それ以上はなしで。宇佐見さんだって、勢いであんなこと言ったかもしれないし」

それが気休めにもならない言葉だとはわかっていた。あれほどはっきりと言いきった宇佐見の決意が、簡単にひるがえるとは思わない。

それでも、真琴はそうあって欲しいという思いを込めて、じっと倉橋を見つめた。

「お願いします」

「……わかりました」

根負けしてくれたのか、倉橋は苦笑を浮かべて了承してくれる。

「ありがとうございます」

安心して息を吐いた真琴は、部屋の時計を見上げた。

海藤たちが出かけて、そろそろ一時間が経とうとしている。

(大丈夫かな……海藤さん)

心配することしかできない自分が歯がゆかった。

綾辻が海藤を連れて行ったのは、中央区の繁華街天神《てんじん》の一角、賑《にぎ》やかな人通りがポツンと空いてしまったかのような雑居ビルだった。

「菊池の姉の夫の持ち物だそうです」

「羽振りがいいのか?」

「先代の組長の恩恵でしょうね。かなり立地のいい物件を所有しています。取りますか?」

「三和会の方へ行くようにしろ。ここまで面倒見られない」

いくら割りの良い物件でも、東京と福岡では距離がある。信頼する人間に預けたとしても、すべての案件に目を通すのは結果的に海藤自身なので、無駄なことは極力排除をしているのだ。

「わかりました」

綾辻も本気ではなかったらしくすぐに頷くと、そのままビルの中に足を踏み入れる。何軒か飲み屋が入っているのに、どの店もまるで人気《ひとけ》が感じられなかった。もちろんそれは、事前に綾辻が手配をすませ、ビルの中から人間を排除したのだろう。

今このビルの中には、数日前から潜伏しているはずの菊池と、数人の組員しかいない状態のはずだ。

「綾辻」

「はい」

「殺すなんて優しいことはするな」

暗に、殺す以外のことはしてもいいという海藤に、綾辻は口元に笑みを浮かべて頷いた。

「もちろんです」

エレベーターの電源は既に切ってあるので、二人は階段を使って最上階の五階までやってきた。そこは他の階とは違って一フロアーに作られているようで、綾辻が大きなドアの取っ手に手をかけると、そのまま簡単に開いた。

チェーンや補助錠もされていないのは、中に内通者がいるからだ。

普段の綾辻からは考えられないほど、すべての下準備が緻密《ちみつ》になされていた。

二人きりのこの場では海藤のボディーガードも兼ねる綾辻は、自らが先頭になって長い廊下を歩く。

その手は自然にコートの内側に入れられていた。

「……」

「……」

廊下の突き当りに、再びドアがあった。

綾辻は一度海藤を振り返ってから、無造作にドアを蹴り開けた。

「だっ、誰だ！　お前は！」

「何もんだ！」

ドアの向こうは広いリビングだった。

中央に置かれたソファの上で、片手に半裸の女を抱いている中年の男——この男が郷洲組の現組長、菊池だ。

潜伏中という切羽詰まった中でも女を抱いている能天気さに呆れるしかないが、菊池の声で別の部屋から駆けつけてきた組員たちが現われると、海藤はそちらを一瞥した。

「どうやって入ってきた！」

「……」

「おい！」

菊池は怯《おび》えたように吠《ほ》えたが、相手がたった二人だということに気づき、いくらか余裕を取り戻したようだった。海藤と綾辻の美貌に見惚《みと》れる女を突き飛ばし、ソファのクッションの下に隠していた拳銃《けんじゅう》を取り出して構える。

だが、こんな修羅場には慣れていないのか、手が震えて銃口がぶれているのに、綾辻が失笑を零した。

「なっ、何を笑う！」

その笑みにプライドを刺激されたのか、菊池が銃口を綾辻に向ける。しかし、それより一瞬早く動いた綾辻が菊池の手を蹴り上げた。

「うわっ！」

綾辻の長い足はそのまま躊躇なく菊池の顔面を蹴る。たちまちくぐもった呻き声と鈍い音が響いた。間違いなく、歯が折れただろう。

「昔、少しだけキックボクシングもしてたの。少しは効いた？」

その光景を見れば、少しどころではないというのは明白だったが、綾辻としては手ごたえがなくて不満そうだ。

「……菊池」

それまで黙っていた海藤が、倒れた菊池の側に歩み寄った。

見下ろすその視線は容姿が恐ろしいほど整っているだけに、背筋が凍るほどの冷たさになっていた。

「自分が狙った獲物の顔ぐらい知っておくんだな」

「……ま……まさか……」

「開成会の海藤だ。初めましてと言うところだが、この先もう会うこともないしな」

「！」

菊池は目を見開いて海藤の顔を見た。

噂だけは嫌というほどこの九州まで聞こえてきた。まだ三十代の、恐ろしいほど頭の良い、血筋さえサラブレッドの長となるべくしてなった男。もともと関東にいた菊池が下っ端から組長まで、やっと九州という地で成り上がった自分とはまったく立場の違うその男に、殺意にも等しい嫉妬《しっと》を感じていた。

だからこそ、この九州に元開成会の若頭でもあった海藤の父親がいることを知った時、チャンスだと思ったのだ。

父親が死のうが生きようが、それは関係がなかった。とにかくこの九州に海藤を呼び寄せ、なんとかしてその命を奪って名を上げようと……関東に出て、菊池ありと言わせたかった。

そんな菊池の思惑など、海藤にとってはまったく無意味だ。己の実力でのし上がれない人間は、仮に上の地位に立ったとしても、すぐに引きずり降ろされるだけだ。

「お前の考えは幼稚で、本来なら歯牙《しが》にもかけないくらいだが……お前は一つ、重大なミ

んだ！」

スを犯した」

顔を寄せ、醜悪な男を見据える。

「病院で男を襲ったな？」

「そ、それがどうした！　お前、オカマだろう！　男のケツにぶっこんで何が楽しいんだ！」

菊池が考えたようにのこのこ九州までやってきた海藤の隣には、組員には見えない若い男がいたという報告を受けた。東京の知り合いに連絡を取ってみると、どうやらそれは最近海藤が囲い始めた愛人らしい。

ちょうどいいと思った。海藤の愛人を殺すか、傷でも負わせれば、それだけでも溜飲《りゅういん》が下がる気がした。送り込んだ鉄砲玉は戻ってこなかったが、なんらかの成果はあったという報告を受け、菊池は美味しい酒を飲んでいたのだ……ついさっきまでは。

「会長、それ、私にください」

まるで菓子か何かを貰うように軽い口調で言った綾辻が、いつの間にか側に立っていた。

その姿は先ほどまでとは変わらないが、革の手袋が濡れている。海藤が振り向くと、いつの間にか床には数人の男が倒れていた。

「楽にしたのか？」

「少し撫でただけですよ」

有段者の綾辻は、それでも滅多にその拳を振るうことはない。自分の身体が凶器だと十分わかっているからだ。

しかし、今回は事情が違う。綾辻が最も大切にしている聖域を傷つけた相手に、容赦などする優しさはなかった。

指を折り、関節を外し、威力ある足蹴りで内臓を傷つける。

顔面を殴った時に鼻と歯が折れたのか噴き出した血で手袋が汚れているが、それ以外はいつものスマートな姿そのままだ。

「師匠には人を傷つけるなと言われたんですけど……愛する人間を傷つけられたら、そんなことクソくらえですよね？」

「や、やめ……」

「銃で仕留めるなんて優しいことはしないわ」

綾辻はポケットから光るものを取り出した。それは通常のナイフではなく、もっと小さく、もっと切れ味の鋭い特殊な刃物……手術用のメスだ。

「あいつが負った痛み以上のものを感じさせてあげる」

ペロッとそのメスを舐めて笑った綾辻の顔は、菊池の目には狂気の笑みに映っていたはずだ。

こうなってしまっては、海藤でも止められなかった。

「な、なんだ、お前はっ、お前たちはなんだ!!」

不意に、アンモニアの臭気がした。海藤が視線を落とすと、菊池の下半身が濡れていた。

眉を顰めた海藤とは違い、綾辻は楽し気に笑っている。

「なんだ、今からそんなことでどうするの？　最後に出すもんがなくなっちゃうわよ？」

「ひ……っ」

「十年前まで関東にいたのなら聞いたことがない？　東條院《とうじょういん》の、御落胤《ごらくいん》の話」

「と、東條院……か、んとうの、フィクサー……？　……お、お前……」

呆けたように綾辻の顔を見つめていた菊池の目が、次の瞬間、張り裂けそうに見開いた。

「お、まえ、東條院の……羅刹《らせつ》かっ!?」

「ふふ」

綾辻は笑った。

綺麗な笑みを浮かべたまま、ツッとメスを菊池の首筋に走らせる。赤い線が、見る間にプッツリと赤い血の粒になって浮き出てきた。

「ま、待って、待ってくれ、あや、謝る……！」

「言葉になんの価値があるの？　正気がなくなるまで……遊んであげる」

（……先手を取られたな）

綾辻がなぜこんな小者に昔背負った通称を教えたのか。多分それは、菊池にさらなる恐怖と絶望を与えるためだろうが、そこまでするほど怒りを感じているのかと思うと、海藤は綾辻の倉橋に対する激しい想いを痛烈に肌に感じた。

（東條院の、羅刹か……）

若干十八歳、まだ高校三年生だった綾辻が、その当時関東でも三本の指に入っていた暴力団、稲和《いなわ》会を一人で壊滅に追い込んだのは、その世界では伝説になっているほど有名な出来事だった。

世間では内輪揉めだとされているが、実際は違う。

緻密に追い込み、一気に叩いた綾辻は、羅刹と恐れられていた。

その後、プッツリと消息を絶ったのは、当時関東のヤクザ社会でも大きな力を持っていた開成会の元会長菱沼が、綾辻に惚《ほ》れ込んでほとぼりが冷めるまではと海外にやったからだ。

海藤が初めて綾辻に会ったのは彼が中学生の時だったが、その頃の綾辻は男の目から見ても妖《あや》しいくらい綺麗で、しかし、この世に何も執着をしていないというように飄々《ひょうひょう》としていた。

歳を取るにつれて少しずつ綾辻も変わってきたが、明らかに変化したのは倉橋と出会った頃からだ。

（倉橋は、あいつをこちらに引き止めている唯一の存在だな）

綾辻は菊池を殺すことはない。

殺してやるほどの情けをかけることはないだろう。

真琴を傷つけられそうになった怒りを抱く自分よりも、実際に倉橋の肌に傷をつけられた綾辻の怒りの方がわずかに大きかった。

「……」

部屋の入り口に立っていた安芸たちが、海藤と綾辻の姿を見て深く頭を下げた。

「変わったことは」

「……」

ほんのわずか躊躇を見せた男は、すぐに答えを返した。

「宇佐見という男が来ました。倉橋幹部が部屋に招いて、十分もしない間にお帰りになりました」

病院での襲撃を宇佐見が知ることは想定していたが、それでもここまでやって来るとは意外だった。

海藤はその意味を考えようとしたが、すぐにその思いを振り払って部屋に入る。今はとにかく、真琴の顔を見たかった。

「お帰りなさいっ」

既に時刻は深夜二時になろうとしていた。

しかし、真琴は寝巻きに着替えることもなく、海藤がドアを開けた瞬間にその身体に飛びついてきた。

「起きていたのか？」

「だって、ちゃんと顔を見たかったから……海藤さん」

一瞬言葉に詰まった真琴に、海藤は己の身体に血の匂いがついているのかと緊張した。早く真琴に会いたいからと、服だけは着替えたものの身体は洗わず帰ってきたが、やはりどこかでシャワーくらいは浴びてくればよかったかと後悔する。

しかし、

「……よかったぁ……ちゃんと帰ってきてくれた……」

真琴の言葉が詰まったのは不信感からではなく、海藤の身を案じていたからだということに、その心から零れたという言葉の響きでわかった海藤は、真琴を抱きしめる腕にさらに力を込めた。

「心配をかけてすまなかった」

真琴は首を横に振る。

「真琴……」

温かく、優しい……生きていると腕の中で確かめた海藤は、やっと心からの安堵の息を漏らす。

真琴に何かあったとしたら、海藤は真琴をこの地に連れてきたことを一生後悔しただろう。父親の命と引き換えにできるほど、真琴の命は軽くないのだ。

「海藤さん……？」

「真琴」

「海藤さん、疲れたんですか？」

海藤は答えることができずに、ただその身体を抱きしめるしかなかった。


一方、綾辻は頬に笑みを浮かべながら倉橋に歩み寄った。

「ただいま。お留守番、ご苦労様」

敏《さと》い倉橋は、真琴とは違って敏感に血の匂いを感じ取っているのだろう。白い面が青ざめていくのを見ると、綾辻は海藤の目の前でも構わずにその身体を抱きしめたくなってしまった。

もちろん、倉橋はけしてそれを許さないだろうが。

「手間はかかりましたか？」

「ぜ〜んぜん。手ごたえがなくてつまらなかったわ」

「どうしたんです？　沈めたんですか？」

真琴の手前、はっきりと『殺した』とは言えないのだろう。遠回しにそう言う倉橋に、綾辻も遠回しに答えた。

「船に乗せたわ。まあ、力はないだろうけど、船員たちの便所にはなるでしょう？　何年も海に出てるから、デブの中年でもモテモテよ」

そこまで言って、綾辻は倉橋の耳元に唇を寄せた。

「背中の彫りものも綺麗に剝《は》ぎ取って、知り合いの大学教授にくれてやることにした。最近は大物の刺青が手に入らなかったって大喜びしてたぞ」

その教授のことは倉橋も知っているはずだ。刺青の収集を趣味としていて、その入手ルートがどんなものでも構わないという変わり者の男だ。

倉橋にも彫ってないのかとしつこく聞いて、綾辻が軽くしめたくらいだった。

「ご苦労様でした」

「い〜え。克己、腕の方は？　もう痛くないの？」

「子供じゃないんですから……」

眉を顰めて文句を言おうとした倉橋が、ふと言葉を止めてじっと綾辻を見つめた……いや、正確には綾辻の胸元を、だ。

「克己」

「……汚れてますね、それ」

「ん？　……あ」

(見落としてたのか)

綾辻の好きなオリーブ色のネクタイに、小さな染みがついていた。黒っぽい……しかし、よく見れば赤黒いとわかるそれは、あの時殴った返り血だろう。着ていたコートと革の手袋は始末してきたが、まさかこんなところについているとは思わなかった。

「気に入ってたのに」

綾辻は口の中で舌打ちをし、真琴に気づかれる前に外そうと手を伸ばす。

「克己？」

だが、綾辻が手を伸ばすより一瞬早く、倉橋がそのネクタイを解き始めた。

綺麗な白く細い指が、まるで自分の首筋を愛撫するように滑らかに動くさまを、綾辻はいつしか息を呑んで見つめていた。

スルリとネクタイを解いた倉橋は、それを手にしたままいつもと変わらない口調で言った。

「代わりのものは私がプレゼントします。これと同じ色でいいですね？　あなた、好きでしょう、この色」

「……ええ」

相変わらず、人形のような綺麗な顔だ。しかし、その仮面のような顔の中、華奢《きゃしゃ》な身体の根幹には、誰にも負けないほどの熱い魂を持っている。

「ありがと、克己」

綾辻の頬に、鮮やかな笑みが浮かぶ。

倉橋はそれには答えず、黙ったままそのネクタイを自分のスーツのポケットに押し込んだ。


「……真琴？」

不意に、腕の中の体が重くなって、海藤はその顔を覗き込み思わず笑んだ。

(眠ったか)

かなり緊張していたのか、海藤が無事帰ったことに安堵したらしい真琴は、まるで海藤の存在を確かめるようにしがみついたまま眠ってしまった。

自分の胸の中で静かな寝息をたてる真琴をしばらく見つめていた海藤は、そっとその身体を抱き上げる。

「こちらに」

二人の様子に気づいた倉橋が襖《ふすま》を開けると、そこには既に床が用意されていた。

「服はどうされます？」

「このままでいいだろう。下手に着替えさせて起こすと可哀想だ」

「はい」

海藤の言葉を聞いて、倉橋は静かに部屋を出て行く。

海藤はそのまま真琴を寝かせ、襟元のシャツのボタンを二つほど外し、ジーンズのボタンも外して楽にしてやった。

そして、もう一度滑らかな真琴のその頰に、そっと指を触れさせた。

（心配させたな）

自分の身内のことでこんな遠い地まで連れてきて、怖い思いもさせてしまった。

多分、面と向かっての謝罪を真琴は拒否するだろうとわかっているので、こんなふうに眠っている時に言うしかなかった。

海藤は軽く真琴の唇にキスを落とすと、静かに部屋から出て行った。

客間に戻ると、タイミングよく倉橋が熱い茶を差し出してくれる。

もうかなり遅い時間だというのに、倉橋も綾辻もまったく疲れた様子は見せず、二人は海藤に向かって頭を下げながらしっかりとした口調で言った。

「「お疲れ様でした」」

それに軽く頷いた海藤は一口茶に口をつけると、視線を綾辻に向けて言った。

「今回は手間をかけさせたな」

この世界では上の者が下の者に頭を下げるということはしない。一つの会を率いている海藤もそうだが、今回は事情が違った。

「いえ、今回は私も含むところがありましたし」

「三和会の加茂さんには明日連絡をしよう」

「波多野にはもう連絡しました。破門はなしになったと伝えた時はあからさまにホッとしていましたが、シマのいくつかの物件を没収と言ったら動揺していましたよ」

「組長の暴走を止められなかった責任は取っていただかないと」

「克己は厳し～」

クスクス笑う綾辻を軽く睨み、倉橋は海藤に言った。

「御前にはどう報告を？」

「そのままだ。別に隠すこともないだろう」

末端とはいえ、三和会の組織の人間が大東組という大看板に喧嘩を吹っかけたのだ。海藤の父、貴之が怪我を負ったという事実もあり、何もなかったというわけにはいかない。

最終的には、三和会がなんらかの示談を……それは多分、金になるだろうが……大東組に見せることになるはずだ。

「まったく、あんな雑魚《ざこ》一匹、もっと早く始末していればよかったのに」

「同感です。頭が悪いくせにプライドだけは高い。始末に負えませんね」

二人の言葉は辛辣だが、下の人間を育てるはずの人間があぁでは、いずれ郷洲組は潰れるだけだ。

「明日、一度病院に顔を出してから帰ろうと思っている」

海藤としてはもうこの地にいる必要はないのでそう言うと、倉橋が珍しくあっと声を上げた。

「どうした?」

「あの、社長、私、真琴さんに言ったんですが……」

「真琴に?」

「福岡は屋台が有名なので、社長に言って連れて行ってもらいましょうと」

「いいじゃない!」

真琴に対して勝手に言ったことに申し訳なさそうに言う倉橋とは反対に、綾辻はすぐに賛成の声を上げた。

「社長、行きましょう。マコちゃんもきっと喜びますよ」

「社長」

「……そうだな。何も土産《みやげ》がなく帰すのは可哀想か」

やっとすべてが解決できたのだ。真琴も笑ってこの地を去れるようにしてやりたい。


「……ん……」

「おはよう」

重い瞼《まぶた》を無理やり開こうと努力した真琴は、優しいキスを受けてゆっくりと目を開いた。

「あ……」

「ん？」

優しく笑いながら自分を見つめているのは海藤で、真琴は自然とほにゃっとした笑みを浮かべた。

「おはよーございます」

（いつもカッコいいな……あ？）

ぼんやりとした視界に映る天井が見慣れたマンションとは違うのにやっと気づいた真琴

は、今自分がどこにいるのかようやく思い出して、慌ててかけ布団を押しのけて起き上がった。

「か、海藤さん！」

「ん？」

真琴の慌てようがおかしかったのか、海藤は口元を緩めて聞き返してくる。

「あ、あの、俺、昨日《きのう》……」

「疲れたんだろう。もう少し寝かせてやりたかったんだが、このままだと昼になってしま
いそうだからな」

「えっ？」

つられて部屋の時計を見上げると、既に時間は午前十時半を過ぎていた。

（お、俺、あの後一人で寝ちゃったんだ〜っ）

昨夜は海藤が帰ってくるまで少しも眠気を感じなかったのに、顔を見た途端にプッツリ
意識が途切れてしまった。もっといろいろと話そうと思ったのにと後悔しながら、真琴は
布団の上に正座をして海藤を見上げる。

「ごめんなさい、俺、寝ちゃって……」

「よく眠れたか？」

「う、……はい」

（恥ずかしい……っ）

洋服を着たまま寝ていたので、服はすっかりクシャクシャになっている。

「……」

「海藤さん？」

海藤の笑みが深くなったのに首を傾げると、伸びてきた手が優しく髪を撫でた。

「跳ねてる」

「！」

きっと、凄《すご》い寝癖なのだ。慌てて海藤から身を引いた真琴は、一瞬のうちに真っ赤になった。そして、急いで立ち上がって洗面所に向かう。海藤がきちんとした姿なのに、自分だけが呑気《のんき》な姿を晒《さら》すのが恥ずかしくてたまらなかった。

「……可愛いかったのに」

そんな海藤の苦笑交じりの言葉は、真琴の耳に届かなかった。


午後、病室で出迎えたのは貴之と淑恵の二人だった。

一日……と、いうよりは、時間毎《ごと》に良くなっているようで、今目の前にいる貴之の顔色は初めて顔を見た時より格段に良かった。

それにつれて目の力というのも強く戻っており、病室に入った途端に鋭い視線を向けられた真琴は、思わず海藤のコートを摑んでしまう。

そんな真琴の手に自分の手を重ねてくれた海藤に、貴之は詰問するような口調で言った。

「手打ちになったと聞いたが」

「……誰にお聞きになりました？」

「御前から連絡をいただいた」

「そうですか」

その会話から、貴之が既に事情を把握していることはわかった。しかし、貴之の口からは『ありがとう』とも『ご苦労だった』という言葉もなく、海藤にもさも当たり前だというような表情を向けるだけだ。

「朝一番に、あれが来た」

「……」

「サツの犬にしては上等な部類だ。お前も足をすくわれないようにな」

「はい」

それきり、言葉がない貴之に海藤が言った。

「明日、帰ります」

「御前を頼むぞ」

「はい」

海藤は言葉少なく頭を下げ、そのまま真琴の肩を抱いて病室を出ようとする。それに抵抗するように、真琴は慌てて声をかけた。

「あ、あのっ」

はるばる九州までやってきたというのに、このまま別れるのはあまりに寂しい。そんな自分の感情を訴えても貴之にはわかってもらえないかもしれないが、どうしても我慢できなくて彼の前に立った。

目の前の貴之の顔は、海藤によく似ていた。普通は親に子供が似るのだろうが、真琴にとっては海藤に彼が似ていると思える。だが、自分に対しては優しく細められる海藤の眼差しとは違い、貴之が真琴を見る目はとても冷たい。

それでも、初対面の時のように怖いとは思わなかった。

(海藤さんのお父さんなんだから……)

「元気になったら、お二人でうちに遊びに来てください」

「……」

「俺、たくさんいいとこ案内します。海藤さんがいろんなところに連れて行ってくれるから、これでもお店を知っているんです。お酒は……ちょっと、付き合うことはできないけど、甘いものとか、あ、辛いものとかは全然大丈夫ですからっ」

このまま帰れば、多分海藤は滅多なことでは両親に連絡を取ることはないだろう。もしかしたら、これきりという可能性だってあるかもしれない。

だったら……海藤が動かない、動けないなら、自分が動けばいい。真琴が動けば、側にいる海藤も自然と動けるはずだ。無理やりかもしれないが、それは十分に理由になるだろう。

「お母さんも、ぜひ一緒に」

淑恵は戸惑ったように真琴を見ている。だがそれは、嫌がっているというわけではなく、本当に不思議だと思っているようだ。

「真琴」

「お父さん」

「真琴、もういい」

返事をしようとしない貴之を、真琴はしばらくじっと見つめていた。

しかし、なかなか口を開こうとしない貴之を前に、海藤に再び抱き寄せられる。

（……駄目なのかな……）

生きているのに、同じ日本にいるというのに、ほんの少しでも心を通わせることはできないのだろうか。真琴は溜め息をつき、海藤と共に病室を出ようとした。

その時、

「……私は、甘いものは食わない」

淡々とした口調に、真琴は慌てて振り返る。今の声が誰のものか、すぐにわかったからだ。

「お父さんっ」

「私は食わないが、彼女は好きだろう」

貴之が指すのは誰か、真琴は淑恵に視線を向ける。

「お母さん、それ本当ですか？」

「……ええ、そうよ」

「じゃ、じゃあ、絶対、絶対来てくださいねっ？　俺、東京で一番美味しいお店、探しておきますから！」

「……楽しみにしているわ」

少し恥ずかしそうに微笑む淑恵に、真琴は込み上げてくる涙を必死に耐えて笑った。

ようやく別れの言葉を言うことができ、病室を出た真琴は海藤を見上げる。

「勝手に約束しちゃったけど、その時は海藤さんも一緒にいてくださいね？　俺一人じゃ、やっぱりお父さんは怖いから」

「わかった」

勝手に話を進めた真琴を、海藤は怒ることはなかった。むしろ心なしか海藤がまとう雰囲気も柔らかく感じる。

べったり仲良くしなくてもいいのだ。自分には家族がいるのだと、わかってくれたらそれだけで嬉しい。

「このまま空港に行くんですか？」

「いや、もう一泊しよう」

「え？」

（そういえば、明日帰るって言ってたっけ）

思いがけない言葉に戸惑っていると、海藤がクシャリと髪を撫でた。

「今日は中州に出るからな。屋台、楽しみなんだろう？」

そう言われ、真琴は思わず声を上げる。

「ホントにっ？」

「綾辻がいい店に連れて行ってくれるそうだ。楽しみにしてろ」

「うわっ、凄い！　倉橋さん、屋台に行くって！　凄いですね!!」

何が凄いのかはわからないまま興奮して言う真琴に、倉橋も笑みを浮かべたまま頷いてくれる。

「綾辻さんにお勧め聞いてみないと！」

エレベーターが開いた瞬間に飛び出した真琴は、早く早くと海藤と倉橋を急かせる。綾辻は野暮用があるからと、別行動しているからだ。

「慌てなくても、まだ時間があるから大丈夫だぞ」

わかっているが、何も心配の要素がなくなっての楽しみに、真琴は浮き立つ気持ちを抑えることができなかった。

待ちきれない真琴がずっとそわそわとしていて——数時間後。

午後八時少し前に、車の中からずらりと並んだ屋台の波を見た真琴は思わず叫んだ。

「凄い……本当にテレビと同じっ」

真琴にとって、屋台というのは実家の家の前を時折通っていたラーメン屋だった。父親がたまに皆の分を注文してくれ、家族で笑いながら食べていたという印象がとても強い。

それとは対照的に、今目の前にある光景はテレビの旅番組で時折見たものと同じで賑やかで多種多様で、実際にその場に自分がいることがまだ信じられないくらいだった。

「本場ですよねっ?」

「ええ。どう?」

「こんなに数があるなんて、凄いです。それに、本当にラーメンだけじゃないんですね?ノレンにいろいろ書いてあるみたい」

「ラーメンは有名だけど、焼き鳥もおでんもあるわよ。マコちゃんが食べたいなら中華だってフレンチだってあるし、モツ鍋を出してるところだってあるわ」

笑いながら言う綾辻に、真琴はいったい何から食べようかという楽しい悩みに陥る。

「ラーメンは食べてみたいんですけど、最初から食べちゃうとお腹いっぱいになりそうだし……あ、海藤さん、ラーメン半分こして食べてくれますか？」

食べ残すということは考えない真琴が海藤を振り返って言うと、海藤は笑みを浮かべながら頷いてくれる。

「じゃあ、最初は何食べる？」

「え～と……焼き鳥！」

「ＯＫ」

綾辻の先導で、四人は賑わう人々の波の中に入った。

それからはもう、真琴にとっては遊園地にいるのと同じような楽しさだった。

常にない雰囲気と美味しそうな匂いは普段よりも食欲を増強させるのか、真琴は焼き鳥の屋台の次に入ったおでん屋でも、次々と好物を注文する。

「おじさん、ジャガイモください」

「はいよ！」

「私はチクワお願い～」

「おうっ」

綾辻の案内してくれる店は味に間違いないうえに、店の雰囲気も温かくて居心地が良い。真琴は目の前で湯気をたてているおでんを嬉しそうに見つめながらパクッと一口含むと、幸せでヘニャッと相好を崩した。

「おいし〜っ」

そんな真琴を見る海藤も、穏やかに笑っている。

今日はさすがにスーツではなく、落ち着いた色合いのシャツにジーンズという姿だが、持っているオーラは消しようもなく目立っていた。

しかし、それを指摘して奇異な眼で見るような人間はここにはいない。屋台というのはは、どんな人間でも一体感を持てる空間のようだった。

「あの、皆さんのは？」

楽しい気分が少し落ち着くと護衛についてくれている安芸たちのことが気になったが、綾辻が大丈夫だと頷いてくれる。

「ちゃ〜んと交代で食べているから、心配しないで。マコちゃんはほら、いっぱい食べないと」

「はいっ」

美味しい料理に、美味しい飲み物。

楽しい雰囲気に、真琴は次第に気分がふわふわとしてしまった。

「かいどーさん、おいしー？」

ふと、海藤は真琴の口調に違和感を感じた。

「真琴？」

酒を飲ませたつもりはないのにとカウンターの上に目を走らせた海藤は、箸休めとして置いてある漬物の器に目がいった。

「ご主人、これは……」

「自家製の粕漬《ぬかづ》けですが」

「……」

「おいひーですよ？」

既に舌が回らない感じになった真琴は上機嫌だ。

顔が赤いとはわかっていたが、それはすぐ側で火を使っているせいかと思っていたのだ。

少し目を離している間に真琴が好奇心で摘んだのだろうが、まさか粕漬けくらいでこんなにも酔うとは。

（どうするか……）

せっかく楽しそうにしている真琴を、ここまでと言って連れ帰るのは可哀想かもしれない。酔っているとはいってもまだ気分が高揚しているだけのようで、せめてずっと食べたいと言っていたラーメンぐらいは食べさせてやりたかった。

「綾辻、そろそろ次の……？」

「はい？」

綾辻を見た海藤は、その光景にわずかに溜め息をついた。

にっこりと悪戯《いたずら》っぽい笑みを浮かべた綾辻の手にはワイングラスがあり、その綾辻の隣には……目元を少し赤くした倉橋がいた。

「……綾辻」

少し身体が揺れた倉橋の背中を抱きとめた綾辻の口元は笑んでいる。

「ほんの少ししかジン入れてないんですけどぉ」

「……後はしらないぞ」

醒《さ》めた時の倉橋を想像して言ったが、綾辻はまったく気にした様子はない。そればかりか、真琴と倉橋の様子を見て動かない方がいいと言い出し、綾辻はこの屋台にラーメンを出前させた。

「真琴、ほら」

「おーいーしーそー！」

ふーふーと冷ましながらラーメンを食べる真琴は本当に幸せそうで、生姜《しょうが》が美味しい、豚骨は本場だと、いちいち海藤に説明しながら食べている。

そして、思ったよりも食べやすかったのか、一杯をペロリと完食した。

「あー、かいどーさんのぶんもたべちゃったー」

「俺はいい」

「でもー、ほんとーにおいしかったんだよ？　あじ、おしえたいなぁ」

「お前の顔を見ればわかる」

「……あー、そうだ」

そう言ったかと思うと、不意的に真琴は海藤の胸元のシャツを摑んで引き寄せ、そのまま勢いよく唇を重ねた。

「あらぁ」

舌を絡める濃厚なキスをする真琴を、最初は驚いた海藤も突き放すことなく抱きしめて宥めるように背を撫で、それに気持ち良くなったのか、真琴はうっとりと目を閉じた。

きっと、ここが人前だということは意識していないのだろう。

四人以外の客は綾辻が用意した護衛兼サクラなので、真琴のこの行為を諌《いさ》める者は一人もいない。むしろ、側で綾辻が笑いながら冷やかしているくらいだ。

「……んぁ」

やがて、唇を離した真琴は今までの濃厚な気配をまったく感じさせず、子供のようににっこり笑って海藤に言った。

「ね？　おいしかった？　らーめん」

舌を絡めるキスはラーメンの味を伝えるためだったらしいとわかった海藤は、珍しく噴き出して目の前の真琴の肩を抱き寄せる。

「ああ、美味かった……ご馳走さん」

上機嫌な真琴と、少し青ざめた倉橋を連れてホテルに戻ったのは午後十時を過ぎた頃だった。

部屋の前で綾辻と倉橋と別れ、海藤はすぐに真琴と共に風呂に入る。

おとなしく服を脱がさせてくれた真琴は、湯船に浸《つ》かった海藤の膝の上に座って背中を預けてくる。手ですくった湯をゆっくりと肩にかけてやると、気持ち良さそうに目を閉じて吐息を吐いた。

「眠いか？」

「……ん……」

「真琴？」

「……ん……？」

何度か名前を呼ぶと真琴は少しだけ目を開き、腹の上に置いた海藤の手を持ち上げて頬に当てた。

「おれたち……ふたり？」

「ああ」

「……そっかあ〜、ふたりきりなんだぁ」

クスクス笑った真琴は身体の向きを変えると、海藤の腰に跨《また》がるように向かい合う。

「たかしさん」

二人きりの約束を酔っていても真琴は覚えているらしく、嬉しそうに海藤の名前を呼んだ。

「こっちでは、たかしさんのおとーさんもいたでしょ？　おなじかいどーだし、おかーさんはなまえでよんでたしー、おれも、ほんとーはなまえでよびたかったんだよ？」

「ああ、わかってる」

「ほんと？」

確かに、自分と父親は当然ながら同じ姓だし、真琴としては人前で『海藤』と呼ぶ時にどうしようかと戸惑ってしまったのは確かだろう。母親は昔から父親を名前で呼んでいたし、真琴の本心としては、自分も海藤の名前を呼びたいと思ってくれたのだ……と、思いたい。

「真琴、疲れたか？」

「え？」

「お前を抱きたいんだが」

それまでの、ただ優しく触れていた手で、今度は明確な意図を持って身体に触れると、真琴は酔いと風呂の熱さで火照った頬を嬉しそうに崩した。

「おれも、したいっておもってた」

「……同じだな」


フワフワとした気持ちのよい酔いの余韻は、風呂に入ったことでだいぶ醒めてきてはいた。しかし、今度は海藤に与えられる愛撫の心地好さに、真琴はさらに身体と気持ちが溶けていく。

「……んっ」

後ろを仰ぎ見て、音をたてて重ねるだけのキスも、お互いの唾液まで交じり合うような激しいくちづけも、すべてが海藤が相手だと思うだけで幸せな気分に浸ってしまう。

湯冷めしないようにとさすがに湯船からは出たものの、既に勃《た》ち上がった細身のペニスからは先走りの液が零れ、後ろから伸びてくる海藤の手が、そのぬめりを丁寧にペニス全体に塗りつけて扱いた。

「ふぁっ、あっ、はっ」

俯けば、視界の中に海藤の手が映る。その指が、丁寧に、大切に自分のものを愛撫してくれている様は、猛烈な羞恥と共に、この上もない幸せも感じた。

「真琴」

「た……っ」

「真琴」

「たか……しさ……っ」

浮かぶ涙は、快感以上の幸福感からだ。海藤は濡れた目尻のホクロに、そっとキスを落とす。

「あっ」

その瞬間、真琴は腰を震わせて射精した。海藤の手を濡らしながら風呂の床に零れたそれは、とろりとした動きで排水溝へと流れていく。イッたばかりの弛緩《しかん》した身体を海藤に預けたまま荒い呼吸を続けながら、真琴は次第に鮮明になっていく意識に狼狽《ろうばい》していた。

（お、俺……っ）

多分、あれは自分から誘ったことになる。普段ならとても言えないのに、どうしてあんなことを口にしてしまったのかまったく記憶にない。

酒は口にしていないはずだが、あのふわりとした心地好さは明らかに酔いのせいだ。いつ、どこでと一生懸命考えていた真琴は、

「……っ」

いきなり腰を摑まれ、海藤と向かい合うようにその膝に座らされて、目を丸くしてしまった。

「どうした？」

「え……あ、の」

真琴の様子である程度事情を察したのか、海藤が宥めるように何度も頬や鼻にキスをしてくれる。くすぐったいくらい優しいそれに首をすくめ、真琴は笑ってしまった。

「……機嫌は直ったか？」

「……怒ってなんかないですよ？」

「そうか」

ただ少し、自分の大胆さに恥ずかしくなっただけだと小さな声で訴えれば、海藤が低く笑った。

（わ……）

眼鏡を外し、いつもは綺麗に整えられている髪は濡れて落ちていて、綻《ほころ》ぶ優しい表情は

真琴の胸を高鳴らせ、果てたばかりの己の分身がまた浅ましく力を持ってくるのを感じた。

「え、あ、んっ」

焦って足を閉じようとするものの、海藤の腰を挟む形で足が開いてしまっているので隠すことはとてもできない。反対に、真琴が身体を動かすことで海藤の鍛えた腹にペニスを擦ってしまう形になり、たちまち泣きそうになってしまった。

「お、俺」

「真琴」

「……ごめんなさい……」

自分ばかりが気持ちよくなって、さらにまた、海藤の身体を汚してしまっていることを声を詰まらせて謝ると、海藤は言葉ではなくキスでそれを止める。それればかりでなく、己のものを扱いてみせた。

「俺も同じだ」

「かい……」

「違うだろう?」

笑みながら言われ、真琴は何度も頷く。

「た、貴士さん」

「ああ」

嬉し気な海藤の声が耳をくすぐり、二つのペニスが擦れ合う。大きさも色もまったく違う、大人と子供のようなそれは、互いの先走りの液をまといながら淫らに濡れ光り、どんどん育っていくのが見えた。

生々しい光景を見るのは恥ずかしいのに、なぜかそこから視線が外せない。海藤はそんな真琴の手を取り、二本まとめて握らせた。その上から、海藤の大きな手が重なり、逃げることも叶《かな》わなくなる。

「一緒にイかせてくれ」

ドクドクと、海藤のペニスが脈動しているのが手のひらに伝わる。それは自分のものも同じで、真琴は海藤を感じさせたくて恐る恐る手を動かした。

「ん……はっ」

「……っつ」

海藤の熱い息が首筋に当たる。真琴も、海藤の肩に額を押し当て、ともすれば海藤に任せてしまいそうな手の動きに必死に集中した。

次第に手の中の海藤のペニスが硬くなり、火傷《やけど》しそうな熱さに変化してくる。

「も、もっ」

イきそうなのは海藤だけではなかった。真琴も二回目の射精感がすぐそこまでやってきている。

「貴士さんっ」

哀願するようにその名を呼ぶと、海藤の指が力強く二本のペニスを扱いた。瞬く間に真琴は射精し、少し遅れて海藤も欲望を吐き出す。混じり合ったそれが二本のペニスと互いの指を濡らし、真琴は海藤と目を合わせて、どちらからともなく唇を重ねた。

「ん……」

海藤の広い背中に手を回し、真琴はその膝の上で腰を揺らす。たった今イったばかりだというのに、身体は物足りなかった。もっと強い刺激を、熱いものを知っている身体は、貪欲《どんよく》にそれを求めていた。

そして、海藤も真琴を焦《じ》らすことなく、滴るような欲情を孕んだ眼差しをまっすぐに向けたまま、尻の狭間をつっと撫でてくる。

「力を抜いていろ」

吐き出したものを絡めた指が身体の中に入ってきた。その瞬間は圧迫感が強かったが、既に何度もイった身体からは余計な力は抜けていて、海藤は呼吸のタイミングを計りながらそれをゆっくり中に収める。

(……い、いっ)

指の腹が、浅い、気持ちのよい個所を擦る。真琴は今にも漏れそうになるのを必死に我慢しながら、さらに強く海藤にしがみついた。

指はそんな真琴の反応を確かめるように何度も抽送を繰り返しながら、徐々に中を蕩《とろ》かしていく。ジェルも使わないのにいつもより早く二本目を呑み込んだ時は、真琴の声に艶《つや》が帯びていた。

早く、少しでも早く海藤自身を受け入れたくて、自分でも中が貪欲に蠢《うごめ》いているのがわかる。

「もっ」

「ん？」

切羽詰まる真琴とは違い、余裕を見せている海藤が憎らしい。真琴は目の前の耳を食み、軽く歯を立てる。すると、身体の中の指の動きが止まった。

「も……い、からっ」

そのまま耳元で喘《あえ》ぎながら言うと、いきなり指が引き抜かれる。そして、それまでの緩慢な動きなど嘘のように、

「……んぁっ！」

溶けきった真琴の尻の蕾《つぼみ》に、海藤はいきり勃ったペニスを突き入れた。

「……はっ、はっ」

一気に先端の太い部分を呑み込まされ、真琴は声なき声を上げる。だがそれは、けして苦痛のためではなかった。待ち望んでいたものをようやく与えられた幸せと歓喜に、自然

に涙が溢れてくる。

「真琴」

海藤の唇が涙を吸い取ってくれ、そのまま重なってきたそれが少し塩辛くて笑ってしまった。

(俺の、涙の味)

ゆっくりと中の襞《ひだ》を押し広げ、どうしても感じる最初の衝撃を早く忘れさせるように、海藤はいつも以上に時間をかけて真琴の中にすべてを収める。

「大丈夫か?」

涙と汗に濡れた頬にキスされ、真琴は何度も頷いた。

「い……よっ」

「真琴……」

「も……と、はげしくて、い……っ」

もっと強く、海藤を感じたい。真琴は自分からも腰を動かし、海藤にねだった。

「お、お願、いっ」

「……っ、煽《あお》るな、俺を……っ」

唸《うな》るように言った海藤に床に押し倒され、大きく足を抱え上げられる。

「……うぁっ」

今までのゆっくりした動きから一変、いきなり引き出されたそれをまた突き入れられ、押し広げられ――何度も力強く繰り返される抽送に、真琴は声を上げ続けた。

「あっ、あんっ、あぅ」

中を擦り上げられる感覚が良い。身体の奥の奥まで海藤を受け入れられることが嬉しかった。

「い……っ」

「真琴っ」

「た、たかし、さ……んっ」

「愛してる……っ」

真摯な告白に、真琴の襞が海藤のペニスに強く絡みついた。

「お、おれも、すきっ」

耳に聞こえるその言葉には、不思議な魔法がかけられている。こんなにも幸せな気分にしてくれる、一番嬉しいその言葉は、海藤が言ってくれるからこそ意味があるのだ。

中を掻き回され、幾度も繰り返すキスをされ、真琴はどんどん高まっていった。お互いがお互いを感じさせるように動きは次第に激しいものになっていくが、それでもこれは、互いを思いやる優しいセックスだ。

「ふぁっ、あっ、あっ」

「……っ」

「！」

やがて、我慢しきれなくなった真琴が先にイき、海藤の腹を熱く濡らした。

その瞬間のきつい締めつけに耐えた海藤は、それから何度も真琴の襞を刺激し、真琴はその動きに無意識に合わせていく。もう何度も射精したペニスは半勃ちの状態で、力なく揺れていた。

「き、きつ……っ」

たて続けの攻めに真琴は息も絶え絶えになり、時間を置くことなく、まるで漏らすような射精をしてしまう。すると、海藤も再度の強烈な締めつけに今度は持つことなく、噛みしめた唇の端から詰めた息を漏らしながら、最奥に刺し込んだペニスから欲望を迸《ほとばし》らせた。

「ぁ…………」

自分の中が熱く濡れたことで海藤が快感を得たことがわかった真琴は、深い安堵と満足の熱い吐息をついた。


「……かしさ……」

「そのまま眠っていいぞ」

「……ん……」

疲れと充足感でくったりとしていた真琴は、熱いタオルで身体を拭いてやるうちにいつしか眠ってしまった。そのあどけない顔を見ていると、たった今まで淫らに自分を貪《むさぼ》っていたとは到底見えない。

海藤はそのまま真琴の全身を綺麗に拭いて中の後始末まで終えると、用意されていた浴衣を着せて敷いてある布団に寝かせた。自分はすぐにバスルームに引き返し、熱いシャワーをさっと浴びた。

「……」

濡れた髪を拭きながら、真琴の眠る布団の側に座る。その寝顔に笑みを誘われながら、海藤は目まぐるしかったこの数日を思った。

明日、この福岡の地から去る。

両親とも別れるが、不思議と次はいつだろうなと自然に思う自分がいた。笑い合ったり、理解し合ったりはできないかもしれないが、また会おうという気持ちになっている。

(……真琴のおかげだな)

以前なら、少しも考えなかったことだ。

――変わったといえば、父親もそうだ。

まさか、あそこで父があんなふうに言うとは思わなかった。海藤自身、幼い頃はほとんど会話をした覚えはなかったし、この世界に入ってからも話といえば菱沼や組のことしか言わない父だった。

今回襲われたことに関しても、貴之にとってそれほどたいしたことではなかったはずだ。いや、死ぬことなどまったく恐れてはいないだろうが、それが菱沼のためにならない、ただの犬死になることだけは避けたいと思うくらいだったと思う。

そんな父親が、ほんの一言だったにせよ食べ物の好みを口にするなど、普段の貴之を知っている人間ならば信じられないことだ。

（……あの人も、年を取ったのか……）

多分今回のことで、父は死というものを強烈に意識したのだろう。

若い頃と同様、恐れるということはないだろうが、少しは人の想いというものを気遣うようになったのかもしれない。

いや、もしかしたら、真琴のパワーに押されただけかもしれないが。

そこまで考えた海藤は、今病院のベッドにいる父親を思い浮かべる。

（次はいつかわからないが……）

できれば、一日でも長生きして欲しい。

真琴のおかげで、苦い記憶が懐しいものへと変化する。

愛する者を手に入れた今ならわかる家族への想いというものに、海藤は少しだけ素直になれたような気がした。


「おはようございます」

チェックアウトギリギリの時間にロビーに下りた真琴は、既に待ってくれていた倉橋と綾辻に頭を下げた。

「すみません、お待たせせして」

「いいえ」

「気分はど～お？　マコちゃん。二日酔いになってない？」

「なってませんよ、俺、飲んでいませんし」

からかうように言ってくる綾辻に言い返すと、綾辻は楽し気に笑った。その隣では、倉橋が海藤に向かって頭を下げている。

「昨夜は醜態を晒してしまいまして……申し訳ありません」

「俺は別に何もしていない。綾辻の方が手がかかったんじゃないのか？」

「……綾辻の方には、今朝礼を言いました」

（倉橋さん、昨夜酔ったのかな？）

今朝目が覚めた時、真琴は自分を見つめる海藤の優しい目と視線がぶつかった。

昨夜のことをすべて覚えているというわけではなかったが、まったく忘れているというわけでもなく、真琴は身体中に残っている快感の余韻に顔を赤くするしかなかった。

倉橋が酔ったことは覚えていないが、真面目な性格だけにきっと落ち込んでいるはずだ。気の毒に思ってしまうが、そんな真琴の肩をポンポンと叩いた綾辻は、顔から笑顔を消さないまま囁いた。

「昨日は社長に可愛がってもらった？」

「え？」

「まだ目が潤んでるし、お肌もうっすらピンク色だし。たっぷり可愛がってもらったのかなあ～、なんて」

「そ、そんなこと……」

あるわけはないとは言えないので、真琴はもごもごと口の中で言い訳をするが、綾辻は最初から真琴の答えを期待していたわけではないようだ。

「昨日は面白かったわね～。またみんなで飲みに行きましょうよ」

「え、えっと、あ、はい」

楽しかったということは事実なので、真琴は今度ははっきりと頷いたが、その拍子にあることを思い出してしまった。

「あ！」

突然叫んだ真琴に、海藤が声をかけてくれる。

「どうした？」

「お、お土産、忘れた……」

貴之の容態がもっと深刻なものだったら土産などと言っている場合ではないが、思いの外元気な様子を確認できたので土産のことも思い出したのだ。

今回も急にシフトを変わってもらったし、いつもバイト先で世話になっている仲間たちに、少しでも何か買っていかなければ。焦る真琴に、海藤が苦笑しながら言った。

「空港でも何か売っているだろう？」

「そ、そうですよね、何がいいかな」

鞄《かばん》から財布を取ろうとしたが、その前に海藤がスーツの内ポケットから財布を取り出す。そのままこちらに手渡そうとする気配を感じ、真琴は慌てて首を横に振った。

「これは俺の付き合いですから、自分で出します。急いで買ってきますから！」

海藤に視線で促され、綾辻は真琴の後を追った。

行き場のない財布を苦笑しながら戻す海藤の姿が微笑ましかったが、さすがに軽口は言えなかった。

(甘えて欲しかったのね、社長)

「そうね〜、大勢で分けるならやっぱりお菓子ね」

空港内の売店の中で、福岡だけではない近県の名産物を前に迷っていた真琴に、綾辻は味見用のケースから菓子を摘みながら助言する。

「これなんかも美味しいわよ」

「じゃあ、それにします。あ、後……」

手に持った菓子の箱の上に、真琴は辛子明太子と辛子高菜を乗せた。

「マコちゃん、これ好きなの？」

「前に、親戚《しんせき》がお土産にってくれたんです。東京でも売ってるけど、やっぱり本場のものの方が美味しい気がして……気のせいかもしれないけど」

「へえ」

綾辻は少し考えるように、真琴が手にしたものを見つめる。

「辛いものも好きなのねえ」

「甘いものも好きですよ。酸っぱいものと苦いものが苦手です。子供舌なんですよ。じゃあ、ちょっとレジに行ってきます」

真琴がその場から離れると、綾辻はすぐに携帯電話を取り出してある番号を呼び出した。

「……あ、私、ユウよ。あのね、頼みがあるんだけど、福岡で美味しい明太子屋さん知ってる？　何軒かあるならそれでもいいんだけど、そこの辛子明太子、定期的に送って欲しいのよね。……もちろん、金額なんて関係ないわよ」

東京ではなかなか食べられないという本場の味を、定期的に届けてやったらきっと真琴は喜ぶだろう。それがわざわざ福岡から送られてきたものだと言わないで、都内の店で買ったといえば遠慮も小さくなるはずだ。

「あ、それと、焼酎《しょうちゅう》。例のやつ、また送ってね」

相手からの返事はもちろん快諾で、綾辻は気分が良いまま電話を切る。

この相手は信用ができるので、きっと美味しいものが送られてくるだろう。

(社長もこれぐらいマコちゃんを甘やかしたいだろうし)

たった数万円の贅沢《ぜいたく》など、海藤からすればまったく物足りないだろうが。

「お待たせしました」

そこへ、真琴が両手に紙袋を持って駆け寄ってきた。

「はい、綾辻さん」

「え？」

にこにこ笑いながら真琴が差し出したのは小さな紙袋だ。

「私に？」

「レジの近くにあったから。可愛くて買ったんです」

「……あら、かわい」

包みから出てきたのは、携帯ストラップだ。それも、地方限定のとぼけたキャラクターもののラーメン擬態バージョンだった。

「俺と海藤さんは温泉バージョンをお揃《そろ》いで買って、倉橋さんには明太子バージョンなんです。可愛いでしょう？」

綾辻はプッと吹き出した。これを見た時のあの二人の反応が急に楽しみになる。

「さてと、戻りましょう」

綾辻はまるで新しい悪さを思いついたかのようにワクワクしながら真琴の肩を抱くと、自分たちを待っている相手のもとへ足早に歩き始めた。

end

背中

「……ふぅ」

倉橋《くらはし》は露天風呂《ぶろ》に身を沈め、大きな息をついた。

海藤《かいどう》と真琴《まこと》の宿泊のついでではあるが、こんなに立派な旅館に泊まれることに密《ひそ》かな喜びを感じた。

もともと、風呂や温泉の類《たぐい》は好きだったが、この身に背負う目に見えない重しのせいで、公共の場所では肌を見せることができなくなった。そのことを後悔はしないが、人目を気にせずこんなふうに広い風呂に浸《つ》かれると、身も心も温かくなる気がした。

きっと、海藤と真琴も幸せな時間を過ごしていることだろう。海藤の見合いという、イレギュラーな出来事はあったが、そのことでさらに二人の絆《きずな》は深くなったはずだ。

「……」

その時、脱衣所に気配を感じて、倉橋は瞬時に息を潜める。今回、この宿には自分たち以外客はいない。周りは護衛が固めているし、不審者の入り込む隙《すき》などないはずだ――そこまで考えた倉橋の耳に、微《かす》かな笑い声が聞こえた。それに、自然に眉間《みけん》に皺《しわ》が寄る。

「どうしてそんなところにいるんですか」

「バレた？」

笑いながら言った侵入者が、遠慮なく扉を開いた。湯気の向こうに、華やかな美貌《びぼう》の男が現れる。

「……鍵《かぎ》は？」

「あんなの、役に立たないわよ」

「……」

確かに、この男にすればこんな古い旅館の鍵などかけてないのに等しいだろう。そのことには素直に頷《うなず》けるが、何も身にまとっていない状態で、相手を迎え入れるということに内心動揺した。

多々ある温泉のマナーどおり、腰にはタオルも巻いていない。

倉橋はそっと身体《からだ》をずらし、綾辻《あやつじ》から見えない場所へと移動しようとした。しかし、そんな倉橋の羞恥心《しゅうち》を綾辻は真っ向から挑発する。

「私も、入っていい？」

「駄目です」

即座に断ったが、綾辻は少しも気分を害した様子はなかった。

「なあに、冷たいじゃない」

「ご自分の部屋でどうぞ」

「ここの露天風呂に入りたいのよ」

引き下がる気配のない綾辻に、倉橋は深い溜《た》め息をついた。

「では、どうぞ」

言うなり、風呂から上がった。全裸の身体をいっさい隠すことなく、そのまま綾辻の隣を通り過ぎようとする。

「……っ」

だが、その腕をいきなり摑《つか》まれた。意外に強い力に、倉橋は隠していた動揺を表情に表してしまった。

「……綺麗《きれい》に出てるわ」

「……何、が、ですか」

声が喉《のど》に引っかかる。

「あなたの飼っている龍《りゅう》」

うっとりと呟《つぶや》きながら、身を屈《かが》めた綾辻の唇が背中に触れた瞬間、倉橋は身体に鋭い電流が走った気がした。

「……や……め……」

「どうして？　親愛のキスくらい、いいじゃない」

綾辻にとっては意味がない行為かもしれないが、人に触れられることに極端に緊張する自分は、こんなふうに触れられたら動揺する気持ちを抑えきれなくなってしまう。

「……っ」

無意識に肩を抱こうとすると、そのまま背中から抱きしめられた。倉橋も、普通の男より身長があるが、綾辻はそれをさらに上にいく。いや、それだけではなく、こうして身体が密着して良くわかるが、綾辻の身体はしなやかで逞《たくま》しいのだ。

「あ、綾辻、さ」

「……大丈夫だ、克己《かつみ》」

うなじにキスをし、綾辻は胸元に回した手をゆっくりと動かしながら、倉橋の下肢へと伸ばしてきた。

「！」

——だが、その手はペニスには触れず、強く腰に巻きついてくる。

「克己」

「……っ」

「……克己」

この男は、いったいどんな思いで自分の名前を呼んでいるのだろうか。

女のように華奢《きゃしゃ》でもなく、他の人間のために身体を傷つけてしまった自分のことを、どうしてこんなに愛《いと》し気に呼ぶのだろう。

そして、名前を呼ばれているうちに、最高潮だった倉橋の緊張感がゆっくりと鎮《しず》まってきた。

この場で優位に立っているのは明らかに綾辻の方だが、綾辻は絶対に倉橋に無理強いはしない。それは、この男のことを知った昔から変わらない信頼でもあった。

倉橋は、胸で交差する綾辻の手にそっと触れた。

「……離して、ください」

すると、しばらくして彼は離れた。

「もう少し、堪能《たんのう》させてくれてもいいのに」

そう言って笑う綾辻からは、先ほど感じた焦燥感はまったくない。

「……っ」

文句を言おうとした倉橋の口から小さなくしゃみが出た。その途端、それまで余裕たっぷりの綾辻が焦ったように脱衣所に向かい、その手に浴衣を握っている。

「これっ、早く着てっ」

「……」

「風邪《かぜ》をひいたら大変じゃないっ」

全裸のままで立ちすくんでいたのは綾辻のせいなのに、こんなに焦ってどうするのだろう。

その姿を見ていた倉橋は浴衣を羽織って脱衣所に向かったが、扉を閉める前に振り返った。

「少しなら、付き合いますよ」

「え……」

「私は飲みませんけど」

呆《ほう》けた綾辻の顔が、見る間に嬉《うれ》し気に綻《ほころ》ぶ。

「一緒にいてくれるだけで嬉しいわ」

そうでなくても整った男の顔が、さらに華やかになった。

そうさせたのが自分なのだと少しだけ自慢に思いながら、倉橋は久しぶりの穏やかな夜を思って唇を綻ばせた。

end

あとがき

こんにちは、ラルーナ文庫様では初めまして、ｃｈｉ―ｃｏです。今回は「指先の記憶」を手にとっていただいてありがとうございます。

タイトルとイラストを見て、「ん?・」と思われる方もいらっしゃるかと思いますが、これは以前他社様のレーベルで出していただいた話の続編となります。まさか、マコちゃんの話をまた書けるとは思いもよらず、この機会を頂いたことにとても感謝しています。

サイト当初から書き始めたこの話は私の中でも特別で、心の中はずーっと浮足立っていました。その割には、改稿が遅れて大変迷惑をかけてしまい、本当にすみません。

今回の一冊の中には二つの話と、書き下ろしの小話が入っていますが、二つの話は海藤さんの身内に関わるものです。冷静沈着で、マコちゃん以外には冷血ともいえる顔を見せる海藤の人間性がどうやって作られたのか、この話で少しわかってもらえると思います。

ただし、あくまでｃｈｉ―ｃｏクオリティなので、ヤクザものといっても痛すぎるということはありませんが(汗)。

イラストは前回に引き続いて小路龍流先生です。本当に続編でも描いていただけるとは思わず、感謝してもしきれません。

可愛いマコちゃんと、良い男揃いの開成会の面々を、今回もぜひぜひ堪能してください。

今回は、開成会の幹部のあの方たちの関係にも少し、変化が見えます。もしかしたら海藤&マコちゃんの主人公カップルよりも人気のある彼らの垣間見せる顔も、ぜひお見逃しなく。

あ〜、本当に、続きを読んでいただけて幸せです。

サイト名『your songs』
http://chi-co.sakura.ne.jp

chi—co

※重なる縁：WEB作品より加筆修正
※昔日への思慕：WEB作品より加筆修正
※背中：書き下ろし

ラルーナ文庫

この本を読んでのご意見・ご感想・ファンレターなどお待ちしております。〒110-0015 東京都台東区東上野5-13-1 株式会社シーラボ「ラルーナ文庫編集部」気付でお送りください。

指先《ゆびさき》の記憶《きおく》

2016年6月7日 第1刷発行

著　　　者｜chi-co

装丁・DTP｜萩原 七唱

発　行　人｜曺 仁警

発　行　所｜株式会社 シーラボ
〒110-0015　東京都台東区東上野 5-13-1
電話　03-5830-3474／FAX　03-5830-3574
http://lalunabunko.com/

発　　　売｜株式会社 三交社
〒110-0016　東京都台東区台東4-20-9　大仙柴田ビル2階
電話　03-5826-4424／FAX　03-5826-4425

印刷・製本｜シナノ書籍印刷株式会社

　ISBN978-4-87919-895-2